妳愛的人裡，為什麼沒有自己？

擺脫「我是為妳好」的情緒枷鎖，
重新正視自身的價值

百合——著

生活是重重枷鎖，勒得人們喘不過氣，
前途渺茫而不可知，活著本身就需要勇氣，
世界是功名利祿的角鬥場，大家漸漸在追逐過程中迷失自我。
——妳，也是這麼想的嗎？

崧燁文化

目錄

「愛自己」這一門功課，我們還沒有結業（代序）

第一章　美貌是優先入場券，不是永久通行證

那個黏信封度日的美女碩士……015
玻璃心，是因為內心戲太多……021
看我的臉書，你一定認為我過得很好……026
美貌是優先入場券，卻不是永久通行證……033
忽然就理解了張愛玲的不通人情……038
向章子怡學習，被人討厭也不冤……044
太年輕的時候，誰沒當過笑話……051
只有見過天地眾生的人，才有機會見到自己……058

目錄

第二章　致那些生命中給我一程溫暖，又終將遠離的人們

檢驗人品，就看他怎麼嫉妒別人……066
你到底需要幾個知心好友？……072
聰明人互抬，蠢蛋才互踩……078
對我好一點，也許我們很快就疏遠……084
給我一盅在光陰裡小火慢燉的友情……089
捨不得用不好的事麻煩朋友……095
致那些生命中給我一程溫暖，又終將遠離的人們……102

第三章　有一種優雅叫「沒得商量」

說廢話，是在靈魂入口處大聲喧嘩……112
所謂珍惜，就是物盡其用……118
有一種優雅叫「沒得商量」……124
止損設定低一些，人生損失小一些……128
你活得不痛快，也許只是因為太乖……135

你要學著自私一點……141
口舌上爭高下這件事，成年人早該戒了……145
怎麼和火氣大的中年女人打交道？……150
我們跟三毛一樣傻：萬一他是真的呢？……156
有多少人借弱小為名，欺負著我們……163

第四章　身處塵埃，也要努力開花

老成怎樣才算好看……171
身處塵埃，也要努力開花……175
從此我不再那麼羨慕遠方……179
職人精神，就是聰明人肯下笨工夫……183
來吧，這泥沙俱下的美好生活……189
膜拜一下這迷死人的優雅……197
幸福的標準就是「你覺得」……204
眾生皆苦，但好在人心向暖……210

目錄

適度美貌是對世界的尊重……217

第五章　不要嘲笑女人的憔悴

對痛苦的刻意追討，是第二次傷害……223
你不是胖，你只是靈魂比較大……231
世上本沒有負能量，嫌棄的人多了才有的……237
不要嘲笑女人的憔悴，那憔悴裡有滄桑淘出的智慧……242
不騙你，讀書真的會讓你變得更好看……252
擁有鈍感力，是一件神奇的事……258

第六章　無論如何，保持體面

沒錢是不是沒資格擁有愛……264
你這麼軟弱，還是別離婚了……269
無論如何，保持體面……277
魏姐示範如何對待前任……283
全職主婦不賺錢？那我們就來算筆帳……287

一個人變討厭，是從喜歡說「我是為你好」開始的……294
對自己不好，是要遭報應的……301
每一場分離，都值得好好道別……308

目錄

「愛自己」這一門功課，我們還沒有結業（代序）

一

我在四月的夜晚，關閉了身外所雜音，坐在微涼的房間內，敲擊下屬於這本書的最後一篇文字。

這本散文集，已經是我的第三本書。不同之處在於，之前兩本都與《紅樓夢》有關，這一次，藉著名著的名氣，直抒胸臆地說出自己對生命的體悟。

這些體悟，我累積了大概有三五年之久，當然寫的遠遠不止這十餘萬字，我在諸多以往寫就的稿子裡反覆遴選才成書。文字不像天上的飛鳥，飛過去就飛過去了，天空可以不留翅膀的痕跡。文字如同腳印，是正是歪，是深是淺；從何處來往何處去，中間曾做過哪些停留和彷徨，都有跡可循，騙不了人。

「愛自己」這一門功課，我們還沒有結業（代序）

我一篇一篇看過去，每看一篇都要「拷問」自己的靈魂：

妳當時寫它的時候，是發自內心的嗎？

妳信妳自己寫的這些嗎？包括現在，妳的觀點有改變或動搖嗎？

妳真的沒有半點嘩眾取寵的想法，或者無病呻吟的矯情嗎？

這樣的文字你確定值得被收錄成書嗎？讀者買去看確定不是在浪費「銀子」和時間嗎？

對一個作者而言，自己的作品出版上市不是終點，而是起點，我不願意數年之後翻開它，自己都替自己汗顏，為這些潔白的紙張不值。

畢竟市面上「雞湯」散文氾濫，幾乎榨乾了人們所剩不多的好感。

寫一本溫暖明晰的散文集，是我多年來一以貫之的夢想，我將之視作對這泥沙俱下的美好世界的一種「反哺」。那些承載著治世思想的、激盪宏大的文字固然深刻有力，但是誰又能說擠捷運、上班打卡、在人群裡周旋、與自己抗爭較量等等平凡生活的事，就沒有書寫的意義呢？一沙要見一世界，並不容易。

在這本書裡，有我對生活、健康、職場、人際關係、生命要義的諸多思考，龐雜不一而足，是個「時刻在成長的人」的階段性成長總結。

那些對生命的認識和看法，不是抄來的偷來的、坐在屋裡憋出來的、半夜做夢夢出來的，而是實實在在從我的心臟裡生出來，從血液裡流淌出來，是我想以我自己的手與口準確表達的。白紙黑字，落筆無悔。即便可能幼稚膚淺，但真誠從不缺。

我願意做個偏安一隅的小眾寫作者，記錄普通人的生活，並和有緣人一起從中沉澱獲益。

平凡的智慧也是智慧——容我自戀。

二

「愛自己是終生浪漫的開始。」

這句話讓不少人有所共鳴，出自王爾德（Oscar Wilde），是很多人經年思索之後才能意識到的事，卻被一個聰明絕頂的先賢一語道破。

沒錯，我們一生的修習，的確應該從「愛自己」開始。

這個「愛自己」，包括愛惜自己的身體、尊嚴和才華，愛惜自己的一屋一

「愛自己」這一門功課，我們還沒有結業（代序）

瓦，一衣一飯；包括愛自己的家人、朋友，和迎面走來微笑著的陌生人，給自己營造一個充滿愛的氛圍；還包括及時止損，果斷切割那些消耗大於滋養的關係，清除那些傷害自己的人；更是努力實現自己的目標和價值，一生太短，不虛度華年；也包括釐清現實，不與自己為難，與生活握手言和，相看兩不厭。

一個身體健康、內心豐盈、精神充實的人，才是真正愛自己的人，與獲得多大的名利無關。

在這本書裡，我囉嗦地說「對身體不好，會遭報應的」，說「你過得不好，是因為太乖」，說「對痛苦的過度追問，是二次傷害」，說「就算身處塵埃，也要努力開花」，說「來吧，這泥沙俱下的美好生活」……畢竟，只有一個懂得愛自己的人，才能愛得動別人，愛得起生活。

三

回憶童年，經常出現在腦海裡的畫面，是一朵嬌豔的石榴花「啪嗒」一下，掉在泥水裡的剎那。

下雨了，大人拉著我往家裡跑，當時的我只有大人一半高，手裡捏著一朵剛摘的石榴花。雨急風大，視線模糊，石榴花花萼光滑，我沒捏牢，它從指間滑落，跌進腳邊的水坑裡。很乖的，我沒有撿，只是邊跑邊回頭，眼睜睜看著它在視線裡越來越遠，像一個漫天風雨中被遺棄的孤兒。

童年明明有很多開心事的，為何我卻偏偏想起這一件。

後來的我常想，如果當時小小的我強行蹲下身，把它撿起來帶回家，它第二天也會枯萎發黑，也一樣會被丟出去，但是結果卻是不同的，我會放下它。

那朵石榴花，像一個小傷疤，放在心中。

你永遠不知道，那些在別人看來微不足道的小事情對於當事人的意義。

王菲有一首歌叫〈給自己的情書〉：「做什麼也好，別為著得到讚賞。你要強壯到底，再去替對方著想……慰藉自己，開心的東西要專心記起……愛護自己是地上拾到的真理。」

愛自己，也包括愛自己的身外之物，與自己有關的一切事情，不想怠慢的都不容怠慢。

對於很多人而言，怎樣從外到內地愛自己，是一件需要被喚醒、被教引、被培養的能力，在這件事面前，我們很多人都是「門外漢」。多少人是從成年以後，才驀然回首，痛定思痛，意識到這一路走來虧欠了什麼，錯過了什麼，重新補上這一課。

這本書，適合放在包裡、枕邊，書房檯燈下、馬桶水箱上，權作解壓或消遣，當你覺得「唔，這句話有道理」時，該說謝謝的是我，是你的閱讀讓我的訴說有了著落。

願你我能早日從這間寫著「愛自己」的「教室」畢業，活出一個更加從容舒展的姿態，其後，才是浪不浪漫。

百合

第一章　美貌是優先入場券，不是永久通行證

那個黏信封度日的美女碩士

我的朋友王同學，習慣早上一上班就向我問好。我們之間的對話經常如下：

她說：「早，美女。」

我回：「美女，早。」

「忙嗎？」

「忙。妳呢？」

「我在黏信封。」

「那妳忙吧。」

寫這篇文字時，王同學已經足足有一週沒怎麼跟我聯絡了，因為她最近「又到艱苦的階段了，五百二十五個信封啊！貼完地址，還要往裡面裝書，再封口。」她這樣向我撒嬌。

有一次，我跟身邊的人談到她，不留神洩露了她的個人隱私，對方露出幸災樂禍的表情：「一個名校碩士，念了二十年的書，打拚到一張在大城市黏信封的桌子，要黏信封的話，在他們家鄉的小郵局裡，不夠她黏嗎？」

我馬上回敬對方：「說起來挺心酸吧？但是你要注意，黏信封，在哪裡黏，卻是南橘北枳的區別。」

不是我勢利，覺得在大城市就高人一等。是有原因的：

一樣是黏完信封下班，她可以去咖啡店喝一杯手磨的香濃咖啡，吃一份精緻的簡餐；吃完飯，她會順勢到大書店翻翻新上架的書，或者到電影院看看新上映的大片；週六上午，她會去博物館當講解志工，既享受了聽眾讚許敬佩的注目，又能體嘗為人服務的快樂；我要去她家附近的大學辦點事，煩惱交通工具跟住宿時，她說交給我吧，我住得很近，走兩步就到了；更別提她隨時可以看到的音樂會和話劇，聽到的免費講座……

那個黏信封度日的美女碩士

這些都是附加福利。一個對精神文化生活有追求的人，就算在這裡黏信封也甘之如飴。

我曾經跟王同學探討過另一種可能，如果她在小鎮上黏信封會怎麼樣？畫面如下：下了班回家開火熬稀飯，實在不想做頂多到小吃攤裡買一碗羊肉湯，加十塊錢可以多添一把麵；到了十點街上空無一人，回家看兩集電視劇後睡覺；就算滿腹經綸一腔抱負，小鎮上沒有相應聽眾，知音少，弦撥斷了也沒人聽，反而看起來像個瘋子。

我對她說：「可是我聽說，小鎮生活還有個好聽的名字叫安逸。」

她說：「沒錯。尋求安逸也是世界觀的一種，但是連世界還沒觀過，哪兒來的世界觀啊？」

我想起那部老電影《麥迪遜之橋》(The Bridges of Madison County)，年少時看完全無感，男女主角又都不年輕漂亮，苟合了幾天後各自回歸了自己的生活而已，不明白美國人為什麼會全民悸動。

直到最近看見電影頻道重播，這一遍我看懂了，看得難受，不是為那只有三天卻銘記永生的愛情，是為法蘭西斯卡活活被掐死的夢想。

女主是個義大利女青年，喜歡葉慈(William Butler Yeats)和古典音樂，會跳舞。

在家鄉遇到了一個美國大兵，像所有的天真少女一樣，她滿懷美國夢的憧憬，跟著他來到了美國家鄉。

沒想到，迎接她的卻是一個閉塞落後的美國鄉村，和別的男人多說幾句話都會被議論，教師夢因為丈夫反對而放棄，從此生兒育女，洗衣做飯，種菜養牛收玉米，成了一個徹徹底底的農婦……連世界什麼樣子都還沒見過的法蘭西斯卡就此被困住，被殘酷地困了一輩子。

如果說她是被拐騙來的外國新娘，這說法也不過分。

儘管她丈夫臨死時對她說：「對不起，法蘭西斯卡，我知道妳曾經有過夢想，但是我卻沒能讓你實現。」在我看來，這種道歉充滿偽善，一文不值。沒有什麼能換回法蘭西斯卡在小鎮上荒廢的一生。

被困井底和返璞歸真是兩個概念。

回來說鄉下女孩王同學，她大學讀的是外文，研究所在頂尖大學攻讀法律，畢業以後做了幾年律師，因為深感法律之刻板壓抑，還是賺錢痛快，於是開始培訓專業能力，轉型成了一名生意人。

痛痛快快賺了些錢，痛痛快快給自己買了部休旅車，痛痛快快讓一個「好閨蜜」以母親要看病救命為由，騙走了一百多萬再無音信，她對人性失望了一陣子又重新振作：千金散盡還復來，再賺就是。存了點嫁妝後，馬上考進大報社做記者，開始了採訪和寫稿生涯。

再後來她遇到真命天子嫁作人婦，乾脆回家洗手做羹湯。一日午後覺得無聊，麋鹿久居苑囿，頓起長林豐草之思，決定重出江湖。這一次，她進入一家公益期刊社，從黏信封這樣的小事開做。

有一天電視裡戀愛配對節目，有個才子帥哥很受歡迎，女孩們都搶著要，最後和其中一個女孩配對成功。

王同學淡淡瞄了一眼，說：「他們走不遠。」原來她和這男的之前在業務上有過合作，了解其為人。後來沒多久，網路上就傳出那一對分手了，這男的就是一個騙子，到處蹭著上電視，把自己包裝得很像菁英，但人品真是不敢恭維。

絢爛之後回歸平淡。黏信封雖然簡單，不代表黏信封的人也簡單。

王同學還眼疾手快地在郊區幫自己買了一座院子，種著花和菜，養了一條長毛狗。小院平常託鄰居照顧，假日就過去住，她把別墅第一層改裝成電影院和酒吧供自己享

受。她學畫國畫，專攻牡丹，出入皆是名家，可謂「談笑有鴻儒，往來無白丁」。

看到這裡你該明白了，她是「刀槍入庫，馬放南山；鑄劍為犁，卸甲歸田」，是真正的返璞歸真。

而且我相信，以她的才幹，絕不可能永遠黏信封，放下信封她還能做別的，文能寫作翻譯，武能談判打官司，只要她願意。

不要隨便小看一個黏信封的人。

都是黏信封，有的人是糊口，黏得很無奈，除了這個不會做別的；有的人是樂在其中，黏得很高興，老娘就喜歡做這個……「我倒沒什麼厭煩的情緒，這可是純手工啊。」王同學這樣對我說，語氣打趣。

《亞瑟王》裡奇醜無比的女巫不是對她英俊逼人的丈夫說過那個祕密？「女人真正想要的，就是決定自己的命運。」

沒有白讀的書，沒有白走的路，知識和能力都是無價的，它們能讓你進退自如、活得更任性。安於黏信封，卻不限於黏信封，樂於黏信封，絕不囿於黏信封，有本事走向更大的世界，也能從容回歸自己的小天地。

我們之所以在這個世界上這麼用功這麼拚，要的不過是有足夠的準備去隨時調整自己的命運方向，想往哪裡去，就往哪裡去。

願我們都有坐得住黏信封的靜氣，也有隨時可以放下信封走出去的底氣。

玻璃心，是因為內心戲太多

我曾經去一個新婚不久的同學A家做客，A的老公是再婚，據說當初離婚是因為前妻太虛榮，看不起他。

初次見面她老公對我還算熱情，拿出自家種的蘋果招待我，還說走的時候可以帶上幾個。

聊天的過程中得知，他剛失業，還沒找到新工作。

他問我：「我會開裝載機，能不能幫我介紹一份類似的工作？」

我老老實實答：「我還真的不認識這行業的人，不過我可以幫你打聽打聽。」

他的臉頓時沉了下來，誰都看得出來他很不爽。

我稍稍坐了一下起身告辭，A一臉歉意地送我出來。本來說好給我帶走的蘋果，她

一看老公的臉色也不敢給我帶了。回來後，我還是靠關係幫他介紹了一份開裝載機的工作，因為不想讓同學看他的臉色。

接到電話的第二天，他歡天喜地地去了。沒過幾天，他辭職了。理由是：那裡的老闆針對他。怎麼針對的？他說，老闆凶狠地說：「不管你們是誰介紹來的，只要不好好工作，我照樣讓你回家！」老闆是開大會時對全體司機說的，但他覺得老闆是在針對他，於是一氣之下辭職了，薪水都沒領。

A去找老闆討薪水，老闆很痛快地把薪水給付了，反過來很不解地問：「你老公做得好好的，為什麼說走就走？」

老公辭職後，A託人幫他找了好幾份工作，但都做不久，理由永遠只有一個：別人看不起他，欺負他。

A氣得不管了。

後來，他去大城市找工作了。

再後來，我遇到另一位同學B，她告訴我，那位仁兄前一陣子瘋狂地給她發訊息要我的電話，因為他覺得跑了一圈，還是當初我給他介紹的那一份工作最好。他可憐兮兮說：「我現在在這裡舉目無親，麻煩妳一定要幫我。」

B理都沒理他：「他就是個神經病。」

他不叫神經病，叫「玻璃心」。

吃不得一點苦，受不得一點委屈，看不得一點臉色，聽不得一點重話。一出門，遇上一點吹面不寒的楊柳風，在他心裡都成為十二級颱風，吹得自己人仰馬翻。想想A同學，擁有一顆聖母心，不顧家人的反對，當初發誓要拯救他溫暖他，可現在連哭都沒地方哭。心疼她這漫漫的下半生啊，日子想不艱難都難。

我自己也不免會有玻璃心的時候。

前幾天和朋友去比較偏僻的地方旅行，又累又熱，途經一個村野小飯店，我們就走了進去。

櫃檯後面坐了一個服務生模樣的胖女孩，還有一桌客人在興高采烈地吃西瓜。

我們提出也給我們切半個西瓜，胖女孩說沒有。

我們指指冰櫃裡的半個西瓜，那是什麼？

她說：那是我們自己留著吃的。

朋友說：好吧，那麻煩幫我們倒點水。

她又說沒水。

我們在桌前坐下來，桌上一片狼藉。

我本來想說「麻煩你把桌子收拾一下」，但出於禮貌，沒有直說，我說的是：「麻煩請服務生收拾一下桌子。」

胖女孩霸氣地說：「我們這裡沒有服務生！」

很明顯是不歡迎我們嘛！我低頭看了看自己，沒有穿得不體面，看起來不像是吃不起她家飯的樣子吧？

就在一霎間，有了拂袖而去的衝動。

還好沒有，我最後一次耐著性子說：「那你們這裡有什麼？」

她扯開嗓門理直氣壯地說：「我們店裡，全是親戚朋友。」

我和朋友對視一眼，哈哈大笑，笑彎了腰。

那好吧，我說：「那麻煩妳和妳親戚們收拾一下桌子！」我們點了菜，等了很久才端上來。

我可以負責任地說，那頓飯菜雖然吃的都是家常菜，但是我從來沒有吃過那麼好吃的菜，因為食材品質太好了！

糖拌番茄的番茄不是人工催熟的，是陽光下晒紅的，又酸又甜；辣椒炒土雞蛋的蛋金黃而香氣濃郁，讓人捨不得放下筷子；豆豉魚炒生菜很鮮；炒麵的麵是現擀的，竟然是用櫛瓜炒的，量大到兩人吃不完一碗。

我們一邊吃一邊讚嘆，慶幸我們沒有玻璃心，如果因為胖女孩的態度不好，可能一衝動就錯過了這一頓美食。

我們沒再使喚她和她的親戚們，自己用店裡的電熱水壺燒水喝，把風扇從屋子另一邊挪過來，對著我們吹。

當然也沒再客氣，把冰箱裡的西瓜也分著吃了，胖女孩不願意，我們霸氣地說：「我們付錢！」

那西瓜一口咬下去，我知道她為什麼想要自己留著吃了。那一窩透心涼的甜，滲透

到周身的毛孔裡。怎麼會有這麼甜的西瓜？

旅行中，我們想起胖女孩的話就笑，笑了一路。

不是別人不禮貌，是因為人家根本沒意識到自己不禮貌，我們幹嘛要給雙方加那麼多的戲呢？

玻璃心的，不都是內心戲太多的人？心事彎彎繞，沒把別人繞進去，先把自己繞暈了。

日升月落，一天一天，總覺得世界和你過不去，其實，世界可忙了，根本沒空理那個顧影自憐的你。

看我的臉書，你一定認為我過得很好

雨一直下。鉛雲低垂，觸手可及，我站在山頂等天晴。

天池在腳下，像是一口巨大的鍋，蒸騰浩瀚的雲霧從鍋裡升騰出來，彌漫了整個天空。我知道它在那裡，但是我看不見它。

在長白山，天氣預報很難準確，一年平均有二百五十五天下雨，除去陰天有霧，晴天寥寥無幾。想看天池，全憑運氣。我的朋友小美來了三次才一睹天池真容。

能見度越來越低，看到天池的希望越來越渺茫。周圍人越來越少，很多人放棄了等待，先行下山，再不走就趕不上在山腳集合的大部隊了。

就這樣走嗎？

我對自己說：「再等十分鐘，太陽再不出來就走。」

五分鐘以後，不知道從哪裡刮來一陣狂風，幾乎把人吹倒。回顧所來路徑，除了蒼蒼橫翠微，還看到遼遠的山巒忽然有了一道明顯的分界線，分界線以下的顏色仍然迷蒙暗淡，分界線以上則像塗了一層亮漆，泛著米金色的柔光。

是開始放晴了嗎？為什麼我看不到橫掃過來的陽光？

雨，瞬間停了。

我俯身看向天池，烏雲仍在，但已經開始往上撤退了一大截，在天與水之間留出一片空白地帶。天池上方濃霧初散，氤氳中輪廓清晰可見。雨水洗過的高岸青翠欲滴，寶石藍的天池鑲嵌在這群山環繞之中，晶晶然如新鏡出匣。

天池，就這樣逐層撩開了面紗，不動聲色地露出了靜美的面容。

人群發出一片歡呼：「看到天池了，我們太幸運了！」緊接著，又是一聲驚呼：「看，彩虹！」

是真的，彩虹。它像一道佛光，穩穩懸在天池上方，照得下面的那一小塊湖水藍得發亮。

有一對中年夫妻尤其興奮，大聲叫我：「妹妹幫我們拍照，把彩虹拍進來，多拍幾張。」他們是去而又返的，下山下到一半看到雲開霧散又瘋了一樣跑上來，總算沒白跑。

我幫他們拍夠，等到自己想拍，彩虹已經開始隱去。五分鐘後，彩虹完全不見了。沒關係，我用肉眼把彩虹印在了心裡。

我帶著一顆滿足的心開始下山。

我興高采烈地在臉書裡發了彩虹加持下的天池，說這就是運氣加人品。完美。

一切看上去是那麼完美。

可是，我不會在臉書裡告訴你：其實上山的時候雨就開始下了。爬到三分之二的時候，雨越下越大，眼前早已是白花花一片水世界。等我攀到山頂，風呼呼刮著，雨點打得眼睛都睜不開。

錄了一小段影片發在臉書上，馬上有人評論說「看起來好冷。」還有人問，「冷不冷啊，多穿衣服了嗎？」

我沒回答冷還是不冷，手都快握不住手機了。

我也不會在臉書裡告訴你：我下山的時候遇到了冰雹。暴雨如注，腳下一片汪洋，冰雹劈哩啪啦打得我寸步難行，幾乎看不清腳下的臺階。

半截的簡易雨衣根本擋不住雨，強風把雨斜刮過來，打到裸露部位的皮膚上，上山的時候刮後面，下山的時候刮前面，褲管全部溼透，褲子緊緊地貼在腿上，冷得刺骨。

我更不會在臉書裡上傳自己的狼狽照片：頭髮被淋得溼答答，胡亂貼在額上，臉上淌著雨水和鼻涕，臉和嘴唇已凍得青紫，上下牙齒咯咯打架。

我不會訴苦說鞋裡已經灌滿了水，我不得不一次次脫下鞋來把水倒出去，再穿上接著走。回到住處時，脫下鞋襪發現雙腳被泡得發白。更嚴重的是，我的雙膝痛得椎心刺骨，擔心將來會落下病根。

你只能看到：這個人又來了一趟旅行，又在臉書裡發美景炫耀。

請你務必相信，別人在臉書裡所展示的那些輕鬆美好並不是全部。很多人只將自己的幸福昭告天下，對自己受的罪卻祕而不宣。

回飯店的路上，天越來越黑。我坐在車裡用手按摩凍透的膝蓋，無意間瞥見夜空層層疊疊的雲海中，爬上來半個好大的月亮，氣派堂皇，照得半邊天空像舞臺一樣絢爛明亮。

那被半天雲朵簇擁著的金黃月亮，是埃及豔后震撼的登場，華麗得令人驚愕。它看上去那麼有質感，重重地墜著，有點擔心下面那團雲根本托不住它。

這是長白山的月亮，和我平常看到的月亮太不一樣，和它相比，平常的不過像一個小小的白熾燈泡。

我趴在車窗上貪婪地看著它，現在這半個月亮，又讓我覺得這一趟雨不算白淋。

哪有什麼現世安穩歲月靜好，其實都是負重前行見招拆招，時刻不忘享受那些轉瞬即逝的美好。

曾經有個賣咖啡的朋友很直接對我說，她做咖啡，就是「專賺妳們這些矯情女生的錢」。

她說：「你們喜歡沒事在臉書裡發個咖啡杯，配上蛋糕鮮花，再擺本書，讓人感覺自己過得很好的樣子。」

「子非魚，安知魚之樂？」

一杯現磨的咖啡，一瓶醒好的紅酒，一束一週就萎謝的鮮花，一次風雨兼程的遠行，一本心儀已久卻沒時間看的書，一輪看上去不同於往日的大月亮，你認為的矯情，其實是我們的小幸福。

這一點小幸福，可以幫我們轉移一下注意力。暫時忘卻眼前的苟且，稀釋緩衝生活的辛酸與重壓，讓內心重歸柔軟與彈性，滿血復活之後重歸生活，去廝殺與擺平問題。

這一點小幸福，可以在粗糙的生活中，建立起精緻的儀式感。是為自己偷一小段愜意時光，是要對自己好一點的心，也是對自己小小進步的獎賞。

這一點小幸福，還可以是一種暗示，暗示我們身處的世界還算美好。讓我們從庸常煙火中暫時抽離，在疲憊中換一口氣，展望生活的另一種願景。

臉書裡那些看上去活得很美好的人，莫不如此。

我們一邊享受一邊忍受。

一邊前進一邊遺忘。

一邊用細膩的心靈拾取點滴美好，一邊用豁達的態度消化煩惱。

乍看之下毫不費力，背後都盡了十分的努力。

乍看之下雲淡風輕，湊近能聞到不易察覺的血腥。

乍看之下幸福如意，是歷經九九八十一難後的修成正果。

大家都是普通人，只是因為不解釋不抱怨不訴苦，你誤以為世界對我們偏心。

「運是強者的謙辭」，當有人對你淡淡地笑一笑說：「我只是運氣好而已」，你千萬別信。

不是對方太虛偽。是人家付出多少得到多少，沒什麼好說的。對其而言，販賣苦難贏取同情，那樣無異於撒嬌與炫耀，是更可恥的矯情。

當你看到一個人的臉書所展示出來的都是美好，你不要全信，也不要不信。

你不要急著去戳穿，也不要盲目地羨慕嫉妒恨。

說到底，臉書展示的是一個人面向世界的慣用面具。

如果你討厭，請點擊隱藏。

如果你認同，請學著去尋找專屬於自己的美好積極，不妨也用臉書昭告世界：看，我在這裡，我在用心生活，向美而生。

當你開始相信美好，並不遺餘力去追求，美好終將不遠。

美貌是優先入場券，卻不是永久通行

去朋友的理髮店小坐，遇見一對母女，女兒做頭髮，母親作陪。無意聽見她們的一段對話。

女兒：「我想割雙眼皮。」

母親說：「好。」

女兒：「我想打瘦臉針。」

母親說：「好。」

女兒：「我朋友的媽媽買了一套兩萬塊的衣服給她，妳也幫我買吧！」

母親還沒說話，朋友看不下去，說：「妳找個好老公，讓他幫妳買吧！」

女兒說：「不把自己弄漂亮點，哪能找到好老公？」

母親也開口了：「就是！她變美，妳管那麼多幹嘛！」

我看了看那女孩，她要變漂亮，還有一段很長的路要走。

母女倆又開始自己聊，話題不外吃穿等瑣碎小事。母親諄諄教導女兒，不要被現任男朋友套牢，要把眼光放寬放高。這時女兒的父親進來送東西，黑瘦矮小，話語間我得知：他們這家人，父親是個計程車司機，母親沒工作，女兒上三流大學。

父親走後，母女倆又炫耀了一陣子各自的首飾。母親說本來打算給女兒買戒指的，但因為這是未來女婿的事，先不買了，反正只要她變漂亮找個好老公，一切都會有。

她們走後，朋友笑說，不必大驚小怪，這樣的人她天天見，是種很現實的人。

這不叫現實，叫白日夢。

有些女人，她們認為要過好日子，必須有個好老公；要找好老公，必須要漂亮。簡而言之，就是只要漂亮就能過上好日子。如意算盤打得精，但終歸是算盤，一毛錢都看不見。不但看輕物化自己，也低估男人，好男人才不是只懂看皮囊。

我曾經認識一位「美女」，身邊人說她的臉簡直就是一張通行證，全世界再難辦的事，只要她刷一下臉，瞬間搞定，所以她每天只要把臉保養好，這一輩子就夠了。

事實上她也是這麼做的，整天不是在美容院，就是在去美容院的路上。有一次我看到她在路上領著孩子，那麼光鮮亮麗的人，孩子卻蓬頭垢面，對臉的專注讓她已無視生活的其他方面。

但就這麼一個大美女，有一天竟然離婚了，因為她的先生說遇到了真愛。我困惑：「為什麼連她這樣的大美女都留不住老公的心？」閱歷豐富的老男人告訴我：「別以為男人就只會看臉，其實男人更想從女人身上學到東西，共同成長。臉再好，沒頭腦，不就是朵花嗎？花遍地都是。」

美貌會給你的人生加分，但不會成為全部。

女明星當年美得山河失色，嫁富翁一個月後就獨守空房，富翁說：「隨便在街上拉個女人都比她好。」為什麼？除遇人不淑之外，大概也因美而空洞吧。

戴安娜王妃終生最不甘的事，是自己傾國傾城的容貌，卻輸給又老又醜的卡蜜拉（Camilla）。但是，查爾斯王子就是甩了她奔卡蜜拉而去，因為他覺得和後者更有話說。

楊玉環被唐明皇專寵近二十年，別以為她僅靠「回眸一笑百媚生」，楊玉環真正靠的是內涵。唐明皇醉心戲曲，而楊玉環精通音律，是他的文藝知己，〈霓裳羽衣曲〉便是二人合作的作品。

甄嬛能在血腥的宮鬥中走到最後，一枝獨秀，靠的不是一張「純元皇后臉」，而是一顆比純元還要聰明果決的心。

美國女孩愛蓮娜（Eleanor Roosevelt），從小母親就替她煩惱：「妳長得不好看，將來怎麼辦呢？」這個醜女孩八歲那年母親去世，兩年後父親也去世，她成了孤兒。也許正是知道唯有自己可以解救自己，所以她才努力學習知識，成了一代才女。

後來愛蓮娜邂逅了相貌堂堂的哈佛大學學生兼她的遠房表親富蘭克林．羅斯福，後者被她的聰慧深深折服，他們的感情遭到未來婆婆的極力反對，但男方還是頂住了壓力與愛蓮娜成婚。後面的事大家都知道，她成了總統夫人。

你是不是想說，她最終還不是靠男人？

一九四五年，羅斯福逝世，聯合國發布了劃時代意義的《世界人權宣言》，這部宣言的誕生代表著「人權」概念從此成為現代世界最具有權威性的道德理念。這和愛蓮娜有什麼關係？當然有，因為這部宣言正是愛蓮娜主持起草的！誰說醜女人沒春天？她給別人帶來了春天！

連瓊瑤奶奶都毒舌地說過：「美麗的女人總以為僅憑美麗就可以贏得全世界，殊不知美麗是很殘忍的東西，因為它一定會消逝會老去。所以一個聰明女人要懂得豐富充實自己。這樣，當女人老去，雖不能花一樣明豔，卻可以樹一樣常青。」

不用把寶全押臉上，充實頭腦和打造臉蛋一樣重要，甚至更划算，更保值，未來更有升值空間。美貌有可能是人生一張優先入場券，但不會是一張永久通行證。

當下社會有種迷思，就是我們對外貌美的追求矯枉過正。

當然了，歷史總以進兩步退一步的規律前進，我們不要螳臂當車試圖扭轉乾坤，形勢永遠比人強。但你的頭腦得清醒，別先把自己繞暈了。

追求外貌美沒有錯，就怕錯在以為有一張漂亮臉蛋便可一勞永逸，總有一天你會明白：有一技之長傍身，可比只會自拍修圖高級多了，不用捧著一張臉到處兜售待價而沽。

進可造福人類，退可自食其力，手裡有糧，心裡不慌，氣定神閒的女人才最好看。

忽然就理解了張愛玲的不通人情

朋友心情不好，不停跟我分享生活煩惱，覺得微聊不過癮，對我說：「我想見你，中午一起吃飯吧！」

我說：「呀，不行，我中午還有事，就算和妳一起，我心裡不靜，不能保證有高品質陪伴。要不然，下午喝咖啡？」

她說好。

我說那下午四點鐘，我能出門。她說不行，今天她要趕往另一個城市，必須五點之前出發。

我說：「像我們這種人，哪配出門約會呀！要不然妳下午三點半來我家，在我家坐一下再走？咖啡和可樂絕對夠喝。」

她說：「好。妳給我留點飯，有什麼吃什麼」。我說只有月餅。

我又強調一句：「三點半來，早一分鐘都不接待。」

說完這句話，忽然一下子想到了張愛玲。因罵張愛玲而聲名大噪的潘柳黛曾寫：

忽然就理解了張愛玲的不通人情

「如果張愛玲跟你約好的見面時間是三點，你兩點三刻到了，那她就會打開門來，板著臉說一句：「張愛玲小姐現在不會客」，讓你在外面暫時吹一下冷風。而當你遲到，她會打開門說一句「張愛玲小姐出門了」，就把門砰地關上。在潘柳黛眼裡，張這是耍個性故意標新立異。而當時的我，只把這種作風當成名人軼事看，因為她是張愛玲，似乎做什麼都理所應該，沒有細想背後的原因。

然而當我那句「早一分鐘都不接待」的話脫口而出時，瞬間想到並理解了她。

每個人的時間預算表是不同的，一樣是一天二十四小時，有的人排得鬆散，有的人排得滿。我有個老師曾在黑板上畫過一個生活節奏對比圖解，有的人的是一個圈套一個圈，有的人是一個圈和一個圈之間隔好遠。很不幸，我是前者。

每天早晨一醒來，我會習慣性地看我自己的記事本，看看手頭還有哪些事沒做完，再想想今天還有哪些事需要做，一起記下來，再按重要緊迫度排好次序，一件一件完成，做完打勾。今日事今日畢，明天還有明天的事。

別看作家宅在家裡寫字不出門上班，其實一點也不比上班輕鬆。上班族的工作內容有可能機械性重複，熟極而流之後反而不累。而我們的工作就是求新求創，每寫一篇文章都不能和之前的重複，別說重複了，連雷同都不行，壓力永遠伴行，很少有鬆口氣的時候。

上班族可以和同事聊天減壓，我們沒有同事，日復一日忍受著孤獨。沒辦法，寫字和做愛一樣，是一件很私密的事，需要專注，容不得人在側。

上班族可以偶爾心安理得地偷懶一下，這無可厚非，因為你不是老闆。而稍長的放空會讓我們有虛度時光的負罪感，甚至擔心滋長惰性，滑入墮落的深淵。沒有超強自律性的人，無法做居家辦公一族。極有可能一事無成，還因三餐作息不規律而損害了健康。

囉囉唆唆說這麼多，是想說：雖然我們不用打卡刷臉，但也並非閒人。時間也是很寶貴的！一分鐘有一分鐘的用處。如果臨時有事加進來，會打亂我原先的計畫和節奏，我需要重新調整安排。就比如這次我臨時起意對朋友的邀請，意味著我要把手頭許多工作提前結束。她打電話給我時是中午十二點，我本打算簡單吃一點，小憩一下，下午的時間一半工作一半用來做家事，但現在都要壓縮到這三個半小時裡全部完成。

我要完成網路發文一篇，好在之前已經寫完，但修改、搜圖、排版、錄音、上傳、檢查預覽、最後發布，這些程序做完需要花費約一個小時；手頭有一篇五六千字的約稿，最後瀏覽潤飾一遍，確認無誤交給編輯，花費二十分鐘；有一本授權書需要我簽

忽然就理解了張愛玲的不通人情

字同意，了解核實內容再簽，要大約十五分鐘；責任編輯對新書書名不滿意，兩人討論；和其他作家，新的發文平台商談合作事宜；新合作商要文案要網路文章連結；自己經營的網路商店有人下單買簽名書，我簽好打電話叫快遞來取……零碎雜事花去將近半小時。

兩個小時過去了。

接下來進入家事模式。在此之前與人合作一齣音樂劇，導演比較急，我除了寫文章還要寫歌，時間太緊家事就累積了不少，現在工作告一段落，開始變身為家政「女王」。

先把掃地機器人放出來，讓它全方位掃地，自己去洗拖把先晾著；存了兩頓飯的碗碟初步清理後放進洗碗機，開機洗碗；存了幾天的衣服扔進洗衣機，開機洗衣；在做這一切的時候，我心裡默默感謝高科技。然後我拿雞毛撣子開始簡單揮灰，桌子、書架、綠植都揮揮；給烏龜換水；看拖把布晾得半乾，開始擦木地板。家裡來了人，環境不好的話，一丟人，二失禮。這是從小我媽教我的，唉，真是死要面子活受罪。這中間我還從冰箱裡把肉和凍豆腐拿出來解凍，總不能讓朋友真的吃月餅吧？

打掃完衛生，我照了照鏡子，算不上蓬頭垢面，但是整個人灰撲撲的。趕稿子兩天沒洗頭了，洗個頭，然後貼張補水面膜，也自我愛護一番。又想起張愛玲，潘柳黛說她在家招待客人都著檸檬黃露臂洋裝，滿頭珠翠，渾身香氣，太過隆重給客人壓力。我做不到，只能做到別有礙觀瞻，乾乾淨淨，一套乾淨的家居服足矣，也不用太搶戲。

接下來臉上貼著面膜的我，用電鍋燜起了黃油米飯，開始洗菜切菜，準備了一葷一素。

這地板晾乾了，碗也洗完了，衣服也洗好了。我一刻沒停，全部到位後，指標恰好指到三點半。我打電話給朋友：「快來，生米煮成熟飯了。」而她剛好到門口。作為一個每天凌晨四點半就起床寫作、一天開啟無數個視窗超速運轉的大忙人，她的時間表也精確得沒有多少餘裕。說好三點半，她早到五分鐘，意味著她也要浪費自己的五分鐘。

其實人與人相處，除了常說的價值觀、人生觀、世界觀之外，還應該加個時間觀。時間觀不一致，就會憑空生出許多誤會。就我那句「早一分鐘都不接待」，如果換個人聽大概要氣死：「還以為自己是誰勒，去妳家那是給妳面子，跩屁跩喔？」這就不好玩了。

潘柳黛在這件事上記恨張愛玲，其實沒有誰對誰錯，說白了是時間觀不一致。作為一個時間觀念寬鬆一點的人，潘柳黛可能體會不到提前去十五分鐘帶給張愛玲的壓力。也許編輯正在催稿，她正需要這十五分鐘將小說完工；也許她昨夜熬夜寫稿，正需要這

忽然就理解了張愛玲的不通人情

十五分鐘小睡片刻恢復體力；也許像我一樣，她需要有十五分鐘的時間差，來收拾一下因忙於寫作而無暇整理的凌亂房間。她不是不近人情而故作高傲的女作家，而是一個與同時代的民國人相比，進化更快的獨立女性，一個在時間管理上嚴苛了些的普通人，而這個普通人恰好文章寫得好點而已。不必神化或妖化她。在這一刻，閱讀體驗和生活體驗打通了，我用我的親身體會理解了張愛玲。比較幸運的是，我的朋友不是潘柳黛，她也和我一樣，在時間上錐銖必較，所以在這件事上可以不生芥蒂。

朋友進門的時候，飯菜剛好上桌。她用韓劇般的誇張語氣喊道：「哇，還有豬肉哎！」接下來，我們吃了一頓愉快的飯，飯後我們喝茶嗑瓜子，聊得不亦樂乎。五點鐘，該離開的時間一到，她俐落起身，換鞋出門。我站在門口看她進了電梯，關上門，回到自己的小天地。完美。一個真正的寫作者，生活圈子不可能太大，因為沒有多餘的時間去做人情維繫，思考、寫作已經占據了他們時間的大部分，僅存少許又被生活瑣事瓜分。如果能擠出一點時間來給你，你一定對她很，重，要。

如果你貿然去約一個寫字的人，也許她做不到隨叫隨到，就像你貿然去找她，她也未必高興一樣。這也是我們常常被誤解為疏離清高、不通人情的原因。

其實，沒有人比我們更在乎人與人之間的交流，因為見面稀少所以才更加珍惜，對見面品質更加有要求，總希望每一次約會都是自己想見的人，每一次相聚都開心而去盡興而歸。然後，把歡愉的感覺和記憶儲存起來，用以緩衝接下來的辛苦和孤獨。

向章子怡學習，被人討厭也不冤

我的同事A女，有一陣子瘋狂地研讀一本書《被討厭的勇氣》。因為她說，她需要給自己打氣。

看這本書最直接的原因是：她正在被討厭當中。

A是個對生活品質有要求的女孩，她喜歡在自己的辦公桌上養點精巧的綠植做點綴，喜歡用貴而質地精良的喝水杯、鋼筆、護手霜，喜歡每星期都買書，喜歡去健身房練一練，喜歡自己烤點蛋糕小餅乾，熬點養生粥帶到辦公室和大家一起分享。

這麼做沒什麼大問題吧？但她就是被討厭了。

討厭她的是同辦公室一位大姐，每當看到她擺弄這些東西的時候，就要翻白眼，撇嘴發出「切」的一聲，語帶嘲諷地說：「妳還挺講究哈！」大姐是個很勤儉過日子的人，一個水杯用十年都捨不得換，身上衣服很少超過一千塊錢，吃飯只吃員工餐廳，內衣都是從網路上買最便宜的，以節約為榮。對被富養長大的A女最習以為常的生活細節，各種看不慣，要抓住一切機會表達自己的不滿。

A女很受困擾，對方的種種表現就是讓她覺得自己哪裡都不對，但讓她把自己的生活習慣改換到和對方相近或相同，那絕對不可能。她不可能不養綠植、不買書看書、洗了手不用護手霜，尤其是穿劣質內衣，「對不起，臣妾做不到。」

就算她盡可能低調，身上的漂亮衣服、手裡的進口鋼筆也會被對方一眼看出。在一次次的退讓鬱悶反覆思考之後，她決定做自己。她之所以看《被討厭的勇氣》，就是要靠這本書加持，度過每一個難挨的工作日。

這有點像《紅樓夢》裡的迎春，管不住下人，乾脆拿一本《太上感應篇》來讀。其實這倒也不失為一個辦法，對於一個不善於跟別人正面作戰的人，逼著她也去彪悍地指責對方，或者不戰而屈人之兵，兵不血刃地警告對方，也是一種為難。

這裡面有區別的是，迎春看書是為了逃避，而她看書，是為了積存勇氣，來面對被人討厭的情況。單這一點，就值得稱讚。

至少，她沒有因為被人討厭就亂了陣腳找不著北，違心改變自己迎合他人。很明顯，對方作為一個辦公室前輩，種種表現的目的就是要給她施加壓力，試圖讓她收斂，最後把她的生活品味壓得和自己一樣低。

我們無意去干涉評價別人的生活，人家窮或弱是人家的事，在別人面前顯示優越感不厚道。但是，在生活中事實常常是反過來的：人家窮或弱反而氣勢洶洶，好像你多吃多占的是她的資源。各種憤恨不平，恨不得把你除之而後快。幹，全世界的人都要順著你嗎？過不好還見不得人好是嗎？

從小到大受的教育是「吾日三省吾身」，是「謙虛使人進步」，是「要認真聽取別人的不同意見」。結果是這些根植於內心的觀念成了人性的弱點，被各種披著道德外衣的人攻擊，我們常常莫名受委屈，毫無招架還手之力。

當我們被人討厭時，先別急著反省，你要先看看討厭你的人，是什麼貨色。

心理學說有一類人，他們「無法真心祝福過得幸福的他人」，原因是喜歡站在競爭的角度來考慮人際關係，把他人的幸福看作「我的失敗」，所以才無法給予祝福。

心理學家阿德勒說這一類人最大的特點是「對於自己目前所處的狀態，把責任轉嫁給別人，以歸咎於他人或者環境來迴避人生課題。」

向章子怡學習，被人討厭也不冤

遇到這樣認知有問題的人，還真的錯不在己。

一個這樣的人還沒什麼，最煩人的是這些人抱在一團，一起孤立你、針對你。天天吃飽閒閒沒事幹，玩一種過時的智力遊戲叫「找不同」，只要是你和他們不同的地方，都有可能被拿出來講，在一個看不見的假想戰場上，吹起集結號角，奪取團隊的精神勝利。

最難也最好的辦法就是遠離他們。注意了，一旦你身邊有了這樣的人，成群結隊形成一股勢力，人生的選擇題就出現了答案：你所處的環境已經不適合你，你需要另覓一個與自己頻率相合的環境。千萬別做無用功想要放低姿態融入，甚至一廂情願改變他們，所謂「道不同不相為謀」。

我身邊還有個才貌雙全、善良熱情的女孩小L，從澳洲留學回來後，為了求穩定她媽執意靠關係把她塞進了一家保守老公司，和幾個用同樣管道的人的女兒們一起成了新晉同事，由於她的見識眼界和思考方式，讓她成了異類。那幾個女孩合夥對她實施人際關係冷暴力，讓她每天上班如臨深淵，明明自己從小到大是個很受人歡迎的人啊，怎麼現在竟然混到這種地步！

她媽媽每天都在諄諄教誨她「要適應環境，想辦法融入群體」。她也試了，放下身段去討好她們，但越是這樣別人就越不接納，反而更得了意似的變本加厲冷落她、排斥她。

她痛苦了一陣子，下定決心離開。現在她在一間高中當老師，交到了一幫志同道合的朋友，日子過得很快樂。她慶幸自己及時離職，回憶過往，她說：「不是誰的錯，是我不應該出現在那個群體裡。」

我曾經跟一位閱歷甚深的人專門探討過這種「劣幣驅逐良幣」的現象，他一語道破天機：同一個起點上，一個人要是比身邊的人出眾太多，自己的光芒把別人全掩蓋，讓別人活得沒有存在感，你就成為那個最令人討厭的人。其他人必定會形成默契，同心協力最先幹掉你，接下來他們再慢慢內鬥。」

這無關道德，是生存之道。

被人討厭不見得是壞事，不是你不夠好，恰恰相反，也許是你的出眾讓你成為眾矢之的。

如果你總讓身邊的人黯然失色，那被人討厭也合理。

大陸綜藝節目《演員的誕生》裡，章子怡用實力讓人知道什麼叫好演員。演技那麼好，無論是跟劉芸還是周雲鵬或者其他人演對手戲，全部都以實力碾壓；章子怡的態度那麼認真，不滿鄭爽的不敬業，說話咄咄逼人：「你們一點信念感都沒有。」

周圍若有同行討厭她，不應該嗎？她讓身邊所有的人都淪為配角。

但那又怎麼樣，她就是她。若是因為他人的討厭，就輕易改變自己，變得也開始妥協，和光同塵，又怎麼成就獨一無二的章子怡？

被人討厭時，問自己三個問題：

第一，討厭我的是些什麼人？

如果你天資過人，可能會被資質平庸者討厭；

如果你好學上進，可能會被碌碌無為者討厭；

如果你是個舉止合宜的人，可能會被粗魯無禮者討厭；

如果你是個探索欲強的人，可能會被墨守成規者討厭。

這些討厭，不過是源於觀點不同。

真的有錯則改之；錯不在我，我幹嘛要「無則加勉」？加勉的應該是別人才對吧？

人生已經如此不易，我幹嘛要和自己過不去？

第二，面對討厭我的人，我該怎麼辦？

我學長曾經對我說：「無論怎樣，盡可能別讓自己受負面情緒的影響太久，這樣的話，就達到了別人想干擾你的目的。」

我說：「那報復如果讓我好受一點的話，可以嗎？」

師兄說：「當然可以。」

我的觀點是，你討厭我可以，但是你若以討厭之名，沒事就在旁邊使絆子。我可能沒空理你，騰不出手來收拾你，但如果報復你的機會就放在我面前，我一定不會放過。

憑什麼要寬容？郭德綱說得好：「勸你寬容的人，你離他遠點，免得雷劈他的時候連累你。」

第三，面對別人的討厭，我要不要改變？

一個成年人應該有判斷對錯的能力，如果能確定不是自己的問題，那麼讓干涉你生活的人見鬼去。

「阿德勒心理學否認尋求他人的認可，沒有必要被別人認可也不要去尋求認可。我們並不是為了滿足別人的期待而活著，我們沒必要去滿足別人的期待。如果一味尋求別人的認可、在意別人的評價，那最終只能活在別人的人生中。」

請不妨對討厭你的人說：「我還有路要趕，請你或你們站在原地盡情討厭。再過個五年十年，你要是還像從前一樣，對我的討厭只增不減，我會很欣慰，什麼都沒做，就能成為一根刺，一直刺在你們的心尖尖，說明我被人討厭的確不冤。」

我們唯一要做的，是在別人的討厭中，一直一直向前。

太年輕的時候，誰沒當過笑話

上飛機時，偶遇了多年不見的F姐姐，一時間又驚又喜。說起來F也是個有故事的人。

F當年讀的是警察，畢業那年風華正茂，被分到交通部門上班。最初的新鮮感過去以後，浮躁與大意不知不覺滋生出來。

有一次因為工作中的疏忽，差點釀成事故。於是，扣薪水、調離原職位、通報上級、記過，她的名字在部門人盡皆知。

那一陣子，她都沒臉出門了，覺得自己臭名遠揚，成了一個笑話，走到哪都有人有

意見。整整幾個月，她夜裡輾轉難眠，白天又萎靡不振，整個人像是過期的四季豆，乾乾癟癟。

後來還是她媽警醒她：「妳還年輕，往後的路還很長呢。要是就這麼趴著，誰也扶不起來！」

一席話如當頭棒喝，將她打醒：我不能就這麼一厥不振。

她重新開始學習，積極參加各類技藝競賽，還代表部門拿了幾個技藝比賽大獎。漸漸地，她的頭又抬起來，人們看她的目光也從原來的複雜側目變成了欣賞豔羨。

她用如今的優秀覆蓋了曾經的狼狽。

飛機上提及往事，如今已是個優秀管理者的F意味深長地說，「當時之所以犯錯，是因為太年輕，也好在，還年輕。」

說畢，她把頭輕輕別開，看向窗外連綿的雪白雲朵。

我想，一個人變成熟強大的起點是開始寬容，眼裡沒有那麼多不可原諒的人。有一些錯誤，不過是因為犯錯的人「那時太年輕」而已。

大陸作家鐵凝寫過一本《大浴女》，一對小姐妹，出於不同的心理，眼看著自己一兩歲的妹妹走向下水道，不約而同故意不制止，任小妹妹摔死。長大後，她們各自成了不同的人，妹妹一生在逃避，姐姐一生在贖罪。

曾經寫過《A.J. 的書店人生》（The Storied Life of A.J. Fikry）的美國女作家嘉布莉・麗文（Gabrielle Zevin）也寫過一本書就叫《曾經太年輕》（Young Jane Young）。我本來以為這只是「佛羅里達版的萊文斯基醜聞」。

二十歲的國會實習生艾維婭，不聽媽媽的勸告一意孤行，和年齡可以做父親的眾議員發生了婚外情，還把香豔的隱私記錄在推特上，不得不說實在太蠢了。東窗事發後，她被輿論轟炸得體無完膚，付出了慘痛的代價，「一片貪嗔痴，到底成苦海」。

眾議員緊急公關，拉著妻子上電視道歉，把她稱為「該女子」，稱自己已經度過了婚姻危機。而空有雙學士學位的女主艾維婭，擁有的是一個無法抹乾淨的網路空間，一段臭名昭著的實習經歷，求職無門。

十五年後，眾議員仍在國會任職，風光無限；艾維婭則早消失在茫茫人海，不知去向。

小說的結構很特別，書一開始，先登場的是艾維婭的母親瑞秋，她已經六十四歲，還走在和各類男人約會的路上。原來當初女兒離家後，她就與丈夫離婚。而那個插足了她婚姻十五年的第三者，對她意味深長地說：「艾維婭其實很幸運，這件事現在就公布於眾，而不是十五年以後才曝光。她還有別的選擇。」

第三者當時已經四十歲，為了給自己一個交代，已經無路可退。諷刺的是，最終也沒如願嫁給那個讓她賠進去十五年青春的男人。

她那番話，大概是想說「須要退步抽身早」。

在一個遙遠的小鎮上，還有個叫簡的女人，經常會夢到艾維婭，夢中的她對簡一遍遍說：我只能說我當時太年輕了。

這個總做夢的簡，是一個優秀的婚禮企劃師，一個帶著十三歲女兒的單身母親。在這裡，她是一個受人信任和愛戴的人，有頭腦有人脈，不但業務精湛、待人友善，她工作恪守一條原則：即便別人的婚姻糟糕透頂，也不應該讓自己淌渾水。

她說：「我愛我的路邊攤蝴蝶蘭。並且不跟已婚的男人牽扯不清。」

這麼優秀的女人，人們怎麼會任其默默無聞？她被財團看中，推薦為鎮長的競選人。

這一刻，她卻猶豫了。

簡正是十五年前的醜聞女主角艾維婭。

作者寫得太巧妙狡黠。一部小說五條線平行展開書寫，每一條線裡的主角都不相同，分別是五個不同年齡的女性，第一、二、三人稱的寫法交替出現卻毫不凌亂，每一個人身上發生的故事，都使讀者更接近真相。

主題極有深意，原來它不是一個單純的道德討伐故事，而是一個關於自我救贖和重塑的故事，順便討論女權主義。

為什麼明明是男女雙方共同犯下的錯誤，男性卻可以全身而退，而女性卻要終生佩戴無形的紅「A」，忍受無盡的「蕩婦羞辱」？

事情發生後，艾維婭曾質問那個自稱女權主義者的老師：「為什麼我要做一個女權主義者？我出事時，妳們沒有一個人來支持我。」

老師反過來要她認清事實，並告訴她什麼是女權主義：每個女性都有自主選擇的權利，旁人也不必認同妳的選擇，別指望旁人為妳奔走呼喊。

聞聽此言，她決定重新選擇自己的生活。離開家鄉，改名換姓，放棄從政夢想，到一個人們都不認識她的地方去謀生，重新打下一片天，多年以後已是「天涯住穩歸

心懶」。

誰能料想，十五年後，曾經夢想中的機會竟然又一次來到了自己面前。可是，如果參選，她的祕密會不會被別有用心的人大白於天下？舊事重提，她會不會再次像過街老鼠一樣，人人喊打？

況且她的競爭對手早先一步就知道她的祕密，已經威脅過她。她該何去何從？讀者們也跟著揪心。

「得啦，妳不過是年輕時做了件傻事而已。」

睽違多年的母親、誤解過她的女兒、相交多年的女富翁……身邊女人們齊來給她打氣。

女富翁還說：「如果這次輸了，下次選個更大的！我的支票簿是鎮上最厚的，最厚的支票簿總是能勝出。」

女性就是這樣，最柔弱、最細膩，但關鍵時刻也最勇敢、最大氣。

放下顧慮的艾維婭走險路，主動在媒體上披露了自己的過去！

「反正這件事遲早瞞不住。我不為這件事而羞愧，從今往後再也不會！我也不會為我盡力扭轉局面的做法而羞愧。」

是的，她已不再是從前的那個小女孩，她也為自己年輕時的愚蠢付出過代價。這都過去了，任何人別想再拿這件事來沒完沒了地嚇唬她，羞辱她，清算她。

《聖經》裡講，有一天，有人帶了行淫時被抓的女人來見耶穌，他們說：「按照摩西法，這樣的婦人要用石頭砸死。」耶穌問：「你們中間誰是沒有罪的，誰就可以先拿石頭打她。」在場的人默默走光。

「一個人要小心地藏好多少祕密，才能安然地度過這一生？」迎接艾維婭的會是什麼呢？

當她再次走在街上，驚喜地發現的確有人會避過她的目光，但也有更多的人在向她揮手致意。

那都是她為之策劃過婚禮的人們，曾經與她分享過自己的祕密，她是這個鎮子上知道別人祕密最多的人，包括競爭者的妻子。

即使競爭者在演講臺上大肆攻擊她的過去，她也沒有公開對方妻子年輕時所犯下的罪孽。不，她不會那麼卑劣。那個可憐的女人，在人群中用口型對她說著「謝謝。」

「曾經不顧一切，因為太年輕。現在我仍要不顧一切。」

在這部小說的結尾，本來可以郵寄選票或坐車的艾維婭，選擇了走路到投票點。她身穿漂亮合身的紅色西裝走在人們的目光裡，路上有人叫她「簡」，有人叫她「艾維婭」，她一概笑著答應。

挺起胸脯，扣好鈕釦，撫平頭髮，她投上了神聖而堅定的一票：選擇了自己。

你猜，她會輸還是會贏？

其實，走到這一步，輸贏早已不重要。

看書的我，早已熱淚盈眶。

只有見過天地眾生的人，才有機會見到自己

如果你看過《星星之火》（或譯作《小小小小的火》）這本書，就會知道：當一個女人自律到極致，應該就是理查德森太太艾琳娜的樣子。

為保持身材，她每天早上用專用量杯只吃半杯穀物片；晚餐只喝一杯紅酒，酒杯上有記號用來標量；每週三次有氧操課，運動時佩戴心率表，確保每分鐘一百二十次的燃

脂心率。

自律貫穿了她整個人生。

她像一座報時精準的白鐵小鬧鐘，從一出生就上好了發條，「噌噌噌」地按部就班前進，不會隨便停下，更不可能走錯一步。

出生在西克爾，這個「全國第一個按照規劃建立起來、最進步的社區」，她家好幾代人都生活在這裡。這裡的人們奉秩序為圭臬，永遠有寬闊的草坪、高大的樹木，富裕安定的生活造就了這片廣袤的綠色大地。

她從小名列前茅，讀了自己心儀的記者相關科系，大學期間找了高大英俊的男朋友。人生規劃是畢業以後和男友回到家鄉，舉行一場浪漫的婚禮，買房子、生孩子。

這些當然全都一步步實現了。他們在西克爾買了帶草坪的大房子；她如願進報社當了高級記者，寫的稿子以嚴謹可靠著稱；就連生孩子她都定了指標：「至少三四個，年齡差距也不要太大。」於是連續三四年，她每年生一個，生夠兩男兩女後收工。

她買車必須配氣囊和自動安全帶，家中常備割草機和吹雪機，洗衣機和烘乾機缺一不可——簡而言之，她只做正確的事情。

「在這個完美的地方，她過著自己能想像到的完美生活」，

以致在孩子的同學眼裡，「她就像電視明星一樣，完美得彷彿不是真人。」

完美得像一個假人。

當一個女人自由到極致，就應該是理查德森家的租客米婭的樣子。

她帶著十多歲的女兒居無定所四處漂泊，從不會在一個地方住太久。一輛小破車上裝著全部家當，過著縮衣節食的生活，以省錢乃至不花錢為目標。

她出門打零工賺錢，維持她們母女的基本生活。一旦手頭有一點積蓄，她便停下來從事自己的主業——她是個藝術家，擅長改造物品，以賣攝影作品創造收入。投入大量的時間和精力拍極少的照片，寄給經紀人，如果能賣出去，她便可以有一陣子不用出去打工。如果運氣不好，她就再出去打零工。

她就像一個謎。別人不知道她從哪裡來，也不知道她的下一站是哪裡。她對自己的事情諱莫如深，包括她女兒的父親是誰也無人知曉。

可就是這個潦倒的女人，她女兒和同學參觀博物館時無意間發現，她的照片竟掛在藝術博物館的牆上，是知名攝影大師的經典作品。問她，她卻矢口否認。

怎麼會認錯呢？那就是她。照片裡的人和她的髮型都一樣，漫不經心在頭頂挽個髮髻，整個人都散發著無盡的美感，好像溫暖耀目的陽光。「一樣柔弱的身量，一樣的高額骨、尖下巴。眼睛下方有個小小的痣，左眉弓上的白色疤痕好像一條白線，手臂細長，像一隻弱不禁風的小鳥……」

對，她就像一隻鳥，無拘無束飛翔的鳥。

而那些在黃金打造的籠子裡養大的鳥們，它們線條圓潤羽毛光鮮，當看到前者明明羽毛凌亂，瘦骨嶙峋，卻我行我素，不知道哪來的自我感覺良好時，立即會視之為異類。

這就是艾琳娜對米婭的感受。居然可以有人無視現有規則，自行制定規則。循規蹈矩長大的她，對米婭充滿了人類學家式的好奇，為什麼有人會生活得如此隨心所欲，到了令人不安的地步。

她提出僱傭米婭到她家來做清潔工，米婭答應了，因為她的女兒和理查德森家的孩子們走得太近了，她需要觀察和保護女兒。

《星星之火》的作者伍綺詩，是寫過《無聲告白》的優秀美籍華人作家，在這本新書裡她用自己一貫特有的「溫柔拷問」，安排這兩個出身背景完全不同的女人在同一屋簷

下相處。

自律型女人VS自由型女人，讀者也期待她們能擦出耀眼的火花。

然而，誰能料到沒有火花，只有火災。

在米婭開始進入房東家工作之後，兩家人的關係開始變得複雜起來，孩子們之間的愛情、友情糾葛一度令人眼花撩亂，成長的煩惱與美好一言難盡。房東家一直被視作怪胎的低存在感小女兒，從米婭那裡得到了無限的包容和愛，她甚至幻想米婭是自己的媽媽。

米婭用自己的方式一次次點燃了那個不被認可的孩子心中的小火苗。

那個小「火苗」的名字應該叫「自我」。

艾琳娜恰恰對那個小「火苗」萬分警惕，那是一種極其危險的東西，會將好生活付之一炬。

孩子們的愛情友情如野草雜生牽絆時，大人們也不休息，米婭插手了她認為不能袖手旁觀的事從而引發了一場公共事件，被激怒的理查德森太太開始調查米婭的前世今生，連同她私生女的來歷……戰爭一觸即發。

只有見過天地眾生的人，才有機會見到自己

兩個女人終於無法再溫情脈脈地偽裝，開始兵戈相向。

一個稱另一個為「騙子」、「偷嬰者」。

另一個則說：她本來就是我的孩子。

爭吵從事件本身延續到了更深層面，開始觸及靈魂。

米婭對房東太太說：「妳看不慣我對不對？我覺得妳實在缺乏想像力，不明白為什麼有人會選擇和妳不一樣的生活。為什麼大家不都去住大房子，擁有大草坪、漂亮的汽車和辦公室的工作，為什麼別人會選擇和妳選擇的不一樣的東西。」

「這讓妳感到恐懼，讓妳覺得難以掌握，因為妳放棄了妳不知道自己想要的東西。承認吧，理查德森太太，這樣的火苗妳心中也有。因為妳有一套極其實用的處世哲學，為了保留住自認為更重要的東西，妳放棄了人生中另一些東西。」

本質上，這是一次價值觀的短兵相接。自律過了頭便是刻板，自由過火也會一生難安。

米婭母女被掃地出門，而艾琳娜那個壓抑的小女兒，她放火、一走了之、去向不明。一場熊熊燃燒的駭人大火，將理查德森家完美的大房子燒成了一副骨骸。

那場大火不僅燒在房子裡，也燒在每一個人心裡。

現實中的火滅了，房屋重新翻建，會恢復當初的生機。但心中的大火燒過，廢墟之上會有全新的幼苗萌芽。壓抑太久的自我會被允許如花朵一樣怒放嗎？

盛怒的艾琳娜平靜下來，驀然發現那個可惡的小女兒，繼承的正是她自己壓抑內心的反抗火苗。接下來，她決定用餘生找回女兒，找回那縷久違了的小火苗。

沒有贏家，也沒有輸家。每一個人的命運都不可預測，但每一個人都是重新上路。

這本書的結局本應慘厲，卻被作者寫出了溫暖和希望：米婭給艾琳娜留了一張照片做紀念，把艾琳娜發表過作品的報紙做成鳥籠，空鳥籠的中心躺著一片金色的羽毛，這祝福意味深長，暗示衝破束縛。

人生在世，沒有哪一種活法是唯一的標準答案。

必要的時候，生命裡真的需要有一場大火來燒掉固有思維，新的認知將在灰燼裡重建。

總有人和你不一樣，那又怎樣？活得太工整，便難有驚喜。單一的價值觀會故步自封，優越感讓你變得可笑狹隘。

書中曾有一小段很容易被讀者忽略的對話，反覆咀嚼饒有趣味。

米婭問理查德森先生：「你也是在西克爾長大的嗎？」

回答如下：「不，只有艾琳娜是在這裡長大的。遇見她之前，我連這個地方都沒聽說過。」

你看，只有當我們去過足夠多的地方，看過足夠大的世界，才有資格談包容和接納。見天地，見眾生，最後，才是見自己。

第二章　致那些生命中給我一程溫暖，又終將遠離的人們

檢驗人品，就看他怎麼嫉妒別人

有一次坐火車，身邊坐了三女一男，聽他們的談話應該是同事。男的不怎麼說話，主要是那幾個女的說，主題是向男的盡情說另外一個將在下一站上車的女同事的壞話。她們旁若無人大聲喧嘩，模仿她說話的樣子，攻擊她的衣著，嘲笑她的矯揉造作，彷彿她是一個未登場的小丑，半車廂的人都跟著她們笑。

她們對包括我在內的周圍人說：「她是個不合格的『綠茶』，你們看著，她等一下

就上來。」

火車到了下一站，她們嘴裡笑話了一路的女生上車了。瘦，高，長頸細腰長腿，黑色套頭毛衣，黑色緊身牛仔褲。梳了個最簡單又需要最好看的臉型才能駕馭的髮型，頭髮全部光溜溜往後梳，盤成一個髮髻在腦後，沒有一絲劉海，露出光潔飽滿的額頭。

原本鬧哄哄的座位，她經過時，都有一瞬間的安靜。

她徑直走過來坐下，輕盈得像一隻貓，她向他們點點頭微微一笑，看向窗外。先前那幾個議論她的女生都識相地閉了嘴，開始上下打量她，忍不住問她身上的衣服多少錢，語氣豔羨。她誠實作答，連打了幾折都如實告知。

女生從隨身帶的包裡拿出精緻小巧的錢包，準備起身買水喝。一直不說話的男同事忽然站起身來，很紳士地說：「車廂裡人多，我幫妳買吧。」女生甜甜地道了謝，把錢遞給男生。

剩下的三個女生擠眉弄眼，互相交換著眼色。

我也去買水，正好跟在男生後面。路過車廂接縫的洗手間時，我看到他倏地扭向鏡

子，迅捷而認真地整理了一下頭髮和衣領。買水回來，他捧著寶特瓶走路的樣子，謹慎得就像一個聖徒，彷彿正捧著供品走向光的所在。

遠遠望去，車廂另一頭，黑衣女生端然而坐，和幾個表情不忿又頹然的同事挨在一起，醒目得就像一隻鮮豔光潔的蘋果，坐在一堆沒洗乾淨的馬鈴薯南瓜裡一呀呀呀，這麼比喻，馬鈴薯和南瓜會不會生氣？

嗯，我理解她們，的確是應該不爽：「是她是她就是她，讓我們相形見拙醜得掉渣。」

我想，我會永遠對那些被稱為「綠茶婊」的女生好奇，堅信她們一定有什麼過人之處，才能引發眾怒，被人群起而攻之。

連帶著，我對這個詞也沒辦法完全認同，如果這世界上有「綠茶婊」，那是不是還應該存在另一種人叫「嫉妒婊」？

當你嫉妒時，有沒有自我覺察的能力？

如果能，我們就會少一些狹隘，多一份豁達。少一些憤然，多一份平和。

還記得《甄嬛傳》裡的沈眉莊嗎？當新得寵的嬛嬛試探著問她：「姐姐，妳會吃醋嗎？」眉莊櫻桃小口裡輕輕慢慢地吐出了三個字：「一點點。」嬌羞裡那份光明磊落，讓人沒辦法不愛極生敬。

後面的話更精彩，她頓了頓，又說：「在這宮裡，要是老吃醋，我還活不活了？」她冰雪聰明，分得清輕重，分得清敵我，不因妒意破壞友情，更不會無端樹敵，她懂得「妒氣太盛防腸斷，風物長宜放眼量」。不給別人使絆子，也不給自己添麻煩，有能力安放好負面情緒。

低臻首，轉蛾眉，眼波流轉，吐氣如蘭，她承認自己在嫉妒的那個表情，真美。

想判別自己是不是在嫉妒很簡單，歸納起來叫「三個不承認」：

不承認是自己不行，將別人的成績歸結於運氣和心機。

不承認別人的天賦跟努力，選擇無視對方的優點，只盯著人家的不足無限放大。

不承認自己在嫉妒，口口聲聲說看不慣人家是因為觀念不合——這點似乎沒說錯。

最可怕的是：

篤信人多即正義，喜歡搞小團體。

團員之間好得蜜裡調油，不是因為有共同的愛好，而是因為有共同的假想敵。

組團拉攏更多和自己一樣有嫉妒心的人，去孤立打擊假想敵。

社團活動單一，湊在一起只能靠說假想敵的壞話才能維持感情——

到了這種程度，這個團體，基本上可以鑑定是「嫉妒天團」了。

我有個朋友，不幸被拉進這樣的團體，參加幾次她們的聚會，果斷退出，並且明確告知以後所有聚會都不參加。她說：「除了說壞話，再無其他話題，真的很無聊噁心，我真怕有一天，我也變成她們那個樣子。」

不是每個人都願意把時間耗費在詆毀別人和聽你詆毀別人上，這愛好實在不敢恭維。

嫉妒不可恥，至少說明我們還有一顆向好的心。可恥的是嫉妒人的樣子：不肯面對自己，一味遷怒他人。

都說臉是靈魂的樣子，當把別人的成功幸福當作自己心上的一根刺，時間久了會包裹成毒瘤。毒素慢慢蔓延至整個靈魂，必會影響到面相，最後醜陋得面目全非，連你媽都不認識你。

對付嫉妒，還是張愛玲的辦法高明。

如果不是她，大多數人都不會知道有潘柳黛這個人。此人自稱和張愛玲是好友，卻大肆散播張愛玲的壞話，對其「貴族血液」的嫉妒之情溢於言表。

張愛玲的奶奶是李鴻章的小女兒，張愛玲算是李鴻章嫡親的重外孫女，但到潘柳黛筆下就成了：「這種關係就像太平洋上淹死一隻老母雞，吃黃浦江水的上海人卻自稱喝到了雞湯一樣。」

張愛玲聽了，輕描淡寫道：「潘柳黛是誰？我不認識她。」

林徽音更絕，聽說冰心寫了一篇〈我們太太的客廳〉諷刺自己，於是送了一瓶又香又酸的山西老陳醋，作為對冰心的回敬，不著一字，盡得風流。

這二位女神都不吵，不撕，不給別人看熱鬧的機會。

文字可以傳世。冰心的〈我們太太的客廳〉，潘柳黛的〈記張愛玲〉，這兩篇文章很出名，不是因為寫得有多好，而是因為字裡行間流露出的不服和失態。後世的人看了，都意味深長了然一笑。

人人都有嫉妒心，它與生俱來，跟手指甲一樣，而且，剪了還會再長出來。長歸

長，但總不能不修剪，否則，一不小心劃傷的，可能是自己的臉。

你到底需要幾個知心好友？

有位男士對我說：「妳們女生最搞笑了，動不動就認閨蜜。有的人明明剛認識，見面沒幾次，就敢拍個合照發臉書自稱是閨蜜。閨蜜，在以前那是多鄭重的名詞啊，從小到大一輩子的，就像甄嬛和沈眉莊，那樣的才敢叫閨蜜，現在這個名詞都讓妳們玩壞了。」

詞意可以隨著時代不斷發展演變嘛！也許大家放寬閨蜜的標準，也是為了多給雙方一點機會，閨蜜也是可以養成的嘛！再說，基數越大，認識的人越多，才好遴選不是嗎？

他不以為然：「閨蜜滿地跑，等於沒閨蜜。請問百合，妳認為一個女生應該有幾個知心好友？」

我認真想了想，告訴他，至少應該有四個。

第一個，要又美又瘦。

我閨蜜 Linda 剛生完娃，身體比較圓潤。這一年來總和她混，耳邊總是聽到羨慕：「哇，你真瘦，穿什麼都好看！」她就這樣麻痺了我，我一驕傲一大意，健身房去得少了，每天狂吃。結果發生悲劇了，驀然發現去年的衣服已經套不進今年的我。往體重計上一站，忍不住要回頭看後面，是不是有人放了一隻腳上來。

更吐血的是，Linda 竟然以我為目標，每天節食、跳繩，悄悄瘦了下來，開始裙袂飄飄地冒仙氣了。

交友不慎，遇人不淑啊！經驗告訴我，閨蜜圈裡一定要有一個比自己瘦的妖精美女做參照才行。

因為她的存在會給你壓力，壓力會變動力，不敢對自己的外表掉以輕心，偷懶懈怠。

想熬夜刷劇的時候，想起她細膩紅潤的臉，會乖乖地扔下手機，貼個面膜滾去睡覺。

當你想豪爽地喊一聲「再來一碗」時，想想她的小蠻腰，默默地放下碗，下樓去跑步。

甚至，你會開始留意本季服飾流行趨勢，以免人家發臉書的時候，自己出現在合照裡很不和諧。朋友也要講般配的對吧？你也不想被人指手畫腳自己的外貌。

當你開始研究保養，在社群網站裡晒運動紀錄，加入一個早睡打卡群。心裡發狠不能平白讓這個妖精虐時，其實也在一天天變美變瘦。

第二個，要愛笑。

舉個例子。我還有一閨蜜清音，人家明明比我大，可是心態卻比我少女，不管遇到什麼事，從來沒見過她生氣，總是甜甜地笑啊笑的。

幾年前清音由於工作調動，兒子也跟著轉學，因為教材和教學方式不同，原本名列前茅的孩子一去就考了全班倒數第一。她對兒子說的話，從一開始的「慢慢來，下次爭取考全班中游」，變成「慢慢來，下次爭取考全班倒數第二」，到最後變成了「慢慢來，爭取不要和倒數第二差太遠。」

簡直要崩潰啊。但她還是笑呵呵的。

我問：「妳還笑得出來？」

她說：「哭能解決問題嗎？我現在要保證的是讓孩子每天開心去上學。」

她就這樣笑啊笑的，走到了今天。

如今，她兒子已度過了適應期，成績穩步上升，長成了陽光帥氣的少年，她也升遷成了人資主管，整個人愈發年輕漂亮。

從她身上，我印證了兩點：

一、傷害我們的不是事情本身，而是我們對待事情的看法。

二、愛笑的人運氣不會太差。

跟這樣的閨蜜在一起，日子久了我也潛移默化變得開朗起來，從前覺得過不去的事，現在就會腦補，這件事如果換了清音會怎樣？一進行角色扮演，馬上就會：「哈！這算什麼嘛！還值得擺在心裡當回事？」

第三個，要又聰明又拚命。

炫耀一下，這樣的閨蜜其實我有不止一個。

她們已經是行業翹楚，看事透澈做事高效率，聰明是肯定的，但要命的是，還個個都那麼拚命。

A年紀輕輕已經提到部門副主管，但她還是放下優厚的待遇毅然轉換環境，去臺北

從一個普通職員做起。

Ｂ明明可以在一個待遇豐厚的體制裡安逸到老，她還是選擇自己出來創業，進入到自己不熟悉的領域開始摸索。

Ｃ更有意思，她除了上班，業餘時間喜歡研究手工食品，烘烤各種美味小餅乾小蛋糕，做的百香果果醬也是一絕，漸漸地名聲越來越響，就試著開了一家網路商店，吃過的人都說好，「回購率」達到百分之十七。竟然就這樣開闢了副業。

大家聚在一起，聊得最多的是未來規劃，其中不乏專案合作，常常一杯咖啡見底，連分工都初步擬好了，一點都不婆婆媽媽、瞻前顧後。

她們有一個共同點：做事全力以赴，不受干擾，不急於解釋，理由是：「不必求人理解，如果都理解了你，就說明想法在一個『頻道』上，你的認知並不比對方超前多少。」醍醐灌頂嗎？這才叫菁英思維。

我現在擔心的是老跟她們在一起混，一不小心也變成了菁英，我們家客廳裝不下我怎麼辦？

第四個，和你起點相當，卻過得沒你好。

是的，這貌似有點陰暗。但你得承認，幸福感就是比較出來的。這個閨蜜，她不比你醜，不比你笨，EQ也不比你低，唸書的時候說不定天分比你還好，但是因為運氣機遇差那麼一丟丟，所以現在混得不如你。

約翰．歐文（John Owen）說過：「從人的出身和對處境的無奈，好運與壞運的分配極為不均，完全沒有公平可言。」

覺得現實待你不公的時候，請想一想她，會瞬間平復很多。她像一個座標，是我們與過去的聯結，提醒我們不忘初心，珍惜當下。反過來說，她能不失衡嫉妒，還願意和你做閨蜜，也正說明了她的心態好，值得你學習。

風水輪流轉，再過個三五年，你怎知她不會時來運轉？

禪宗有句話，「一朵花盛開，就會有千朵萬朵跟著開」。

和美好的閨蜜在一起，天天耳濡目染受其影響，也會依樣畫葫蘆，身上沾染她們靈魂的香氣，漸漸美好起來。這就是朋友的作用：交對了朋友，善莫大焉。

我想擁有的這四個閨蜜，她們本質上分別代表了四種美好品質：自律、樂觀、聰明勇敢和豁達大氣。

而這些，恰恰是一個人幸福強大的必備條件。

如果一個人，經身邊人的引領，能管理得好自己的樣貌和身材，扛得住挫折和打擊，憑能力實現自己的價值贏得外界的尊重，再外加一個平和的好心態，幸福離她還會遠嗎？

如果你身邊圍繞的都是才貌雙全、內外兼修的朋友，那恭喜你，你一定也是個外貌與智慧並重的出類拔萃的人。

因為你是什麼樣的人，才會吸引到什麼樣的人。畢竟羽毛相似的鳥兒才會飛到一起，不是嗎？

所以，親愛的你，是時候檢閱一下自己的朋友圈了！

聰明人互抬，蠢蛋才互踩

在《紅樓夢》讀書會上，主持人問我：「如果沒有寶玉，寶釵和黛玉會是什麼關係？」

我說：「她們是一對靈魂知己，不管有沒有寶玉。」

幻想一下，就算她們同在一個屋簷下共事一夫，也絕對能相互扶持相互體恤。

主持人又問：「如果在現在，她們能合夥創業嗎？」

我說：「當然，而且會做得風生水起。」

因為，她們都是聰明人。

兩個相像的人惺惺相惜，情比金堅，強強聯手，所向無敵。

首先，聰明人交朋友門檻高。

她們有一個共通點，不管外表多麼友善有教養，骨子裡其實都很驕傲，智商和認知決定了她們不會隨便交朋友。要交，也得是自己看得上的人才行，不會因為寂寞而湊合甚至濫交。換而言之，臉書都經過篩選，不是什麼阿貓阿狗都進得來。

其次，她們對友情珍惜。

正因為自己看得上的朋友太少，一旦有入眼的，自然高山流水遇知音如獲至寶，從此曾經滄海難為水。

就像林徽音對費慰梅：「要是妳能突然闖進我的房間，帶來一盆花，和一串廢話和笑聲該有多好。」

又像張愛玲對邱文美：「我絕對沒有那樣的妄想，以為還會結交到像妳這樣的朋友，無論走到天涯海角再沒有這樣的人……有了妳這樣的朋友之後，也的確是寵壞了我，令我對其他朋友都看不上眼。」

第三，她們對朋友有包容心，能接納對方的缺點。

當發自內心的接納欣賞一個人，自然懂得包容對方的缺點，「愛之而知其惡」，也容其惡。

就像寶釵了解黛玉一貫的刻薄：「真真顰兒這張嘴，叫人愛也不是恨也不是。」像黛玉了解寶釵偶爾的虛偽：「這寶姐姐，也太膠柱鼓瑟、矯揉造作了。」

她們會互慰，但感情卻不容別人置喙挑撥。湘雲含沙射影說黛玉嫉妒寶琴得寵時，寶釵澄清說：「我的妹妹和她的妹妹一樣。她喜歡的比我還疼呢，哪裡還惱？你信雲兒混說，她那嘴有什麼正經。」

最後，聰明人會維護對方，懂得相互成全。

《飄》裡的梅蘭妮，當有人瘋傳她丈夫與郝思嘉的緋聞時，作為宴會的女主人，跑上來迎接忐忑不安的郝思嘉，挽住後者的手臂親密同行，乾淨俐落地保護朋友聲譽，力破傳聞。梅蘭妮永遠忘不了，當年她在戰火中生下孩子生死攸關，是郝思嘉趕著馬車衝過重重關卡，把她帶回故鄉，她們可是生死的交情。

在這一刻，沒有比這種力挺更能幫彼此擺脫尷尬了。

眼下，身邊很多女生共同創業做事已成趨勢：

A和B一起做自媒體，C和D一起辦公司，E跟F一起開文創工作室，G和H一起開培訓輔導班——時代不同了。

就連我們社區門口的包子店，都是兩個好姐妹開的，本是鄰居，現在孩子長大不太需要顧了，便一起租了個小店賺錢。

發現一個規律：凡是能做成事的，幾乎都是聰明人強強聯手的結果。

當想法一致、認知相當、彼此包容、互惠讓利，這樣的搭檔怎麼可能不收穫頗豐？

最厲害的是一大群聰明人結盟，彼此之間形成了正向循環，自己努力也互相借力，人脈會越來越廣，路自然也會越走越寬。

還有一個，就是會真心為對方取得的進步喝彩，最不濟，也不會因嫉妒而陷害抹黑對方，不因對方暫時的成功而心態失衡。

他們明白：朋友中厲害的人越多，說明自己也不會太差。

現實點說，有個厲害的朋友自己也會獲益，他的能力、資源、人脈……關鍵時刻很可能會幫你度過難關，他厲害，你一點也不吃虧啊！胸懷度量何嘗不是格局和遠見呢？幹嘛要見不得對方好呢？

很多人即便後來分道揚鑣，也是「君子絕交，不出惡言」，懂得保留雙方的體面，江湖再見亦不難堪，這就是聰明人的做法。

而蠢蛋則相反，他們既沒有獨處的能力，也沒有維持友情最基本的修養。

表面上濃情蜜意親親密密，實際上暗地裡攀比互相攻擊。

如果互相猜忌抹黑這件事產生的負能量能發電，有她們在，完全不需要發電廠。

我親眼見過，兩個外人眼中的知心好友，表面上甜甜蜜蜜，臉書裡發著貼臉自拍，互相按讚，背地裡卻在別人面前互相揭對方短處，外加抹黑詆毀。拉攏身邊人孤立對方，周圍人不堪其擾。

沒有比親近的人揭露自己更可怕的了，因為她對你的一切瞭如指掌；也沒有比親近的人詆毀你更可怕的了，因為她說什麼別人都信。

這種「塑膠姐妹花」關係，令我聯想到一個極不好聽的概念：嫖客心態。一邊占有一邊鄙夷。她們只是彼此用來對付孤單的不太趁手的武器，拿在手裡不舒服，丟了又心裡空虛。

想法不同便不必強融，大路朝天各走一邊，勝過這樣一邊甜甜蜜蜜手把手，一邊咬牙切齒地吐唾沫，還自以為沒翻臉就是EQ高段位高。

看到別人創業，她們也躍躍欲試，合作一個專案，但沒幾天，兩人就開始互相猜忌了。

一方懷疑另一方和合作方有私下聯絡，開始杯弓蛇影四處打聽對方行蹤。甚至讓身邊朋友幫忙調查對方行蹤，看看對方最近有沒有去合作方的公司。又因某個異性給她們臉書的按讚數不均，開始了新一輪的互相攻擊。白白讓周圍人看笑話。

就這種人品和智商，不斷斷這種朋友，還留著過年嗎？

如果你自認是個聰明人，那請記住，你是來交友的，不是來互相比較的；你是來賺錢的，不是來玩宮鬥的；你是來做事的，不是來設局的。

你是來實現自我價值完成夢想，而不是試圖爭風吃醋、求關注、撈好處。

讓蠢蛋們互相踩吧，聰明人要互相抬，相親相愛合作共贏，互相借力又互相寬容，一起做事一起成功，一起走向人生的巔峰。

對我好一點，也許我們很快就疏遠

一九九九年九月二十一日。我永遠記得這個日子。

當時我在一個好朋友A家的床上，我們一起睡覺，那時候我們的關係好得如膠似漆，好到可以隨便出入對方家掀開被子就上床的那種。

我那一陣子身體不太好，總感覺到疲乏，地震發生的時候，一陣大大的眩暈襲來。我以為我的眩暈又犯了，於是一動不動躺著等眩暈過去。

A很緊張地推我，說：「地震了！這個要跑！」。

我們鞋都沒換，就穿著拖鞋披頭散髮跑到樓下。

下午才知道，那是一場慘絕人寰的大地震。

如今多年過去。我唯一想起來的，是我當時躺在我最好朋友的床上，與她共同經歷了那個災難時刻。

那以後沒多久，我就離開了原來的城市。我剛走的時候，她很不習慣，好像世界都缺一個角，吃飯睡覺逛街聊天都有點無所適從。

一兩年後再見面，彼此竟然感到無話可說，在她新的圈子我是外人，而我的新生活她一無所知。

現在，我與她已經少有聯絡，社群軟體上也只是按讚之交，「等閒變卻故人心，卻道故人心易變」，是時間和空間拉開了我們的距離。

就這麼疏遠，也是沒辦法的事。

友情一定是要落實在吃飯、睡覺、聊天等這些實際事情中才會有生命力，跟愛情一樣。維持異地友情比異地戀還難，因為沒有道德負擔，一切都是自然而然發生的。不互相扶持的友誼，如空中樓閣。不參與到彼此的生活中來，只是雲裡霧裡聊，迷霧一散便會消失殆盡。就像種子一定要在土壤裡扎根，才能根系強壯，枝繁葉茂。

我說的是各類網友。

在網路上聊得再如火如荼，跟現實終歸是不一樣。這樣的朋友最容易失散。所以，我建議那些網路上的精神知己們，在確定了對方人品的前提下，無論如何排除萬難，應該見一見，鄭重其事地坐在一起，哪怕一杯清茶的工夫，都會比天天在網路上聊八個小時來得好。

人是群居動物，這樣的基因在我們的血液裡已經存續了幾萬年，短時間內很難改變。見到活人，看到對方的模樣，聞到對方的氣味，聽到對方的聲音，觸摸到對方的溫度，才能真正坐實這一樁友情，才算完整。

接下來，如果合眼緣對脾氣，請互相惦念互相麻煩。就像部門之間建立聯繫後，必須要有業務往來，偶爾給對方帶個禮物，或請對方幫你點小忙，或主動幫對方一點忙，會格外溫暖，又親近一層。一點點加固這份感情，從線上延續到線下，用現實生活的紐帶把彼此連接起來，一味虛應總有枯燥乏味的一天。同時，這也是一種考驗，在這過程中對方的想法、人品也會一一顯現，合算你賺了，不合就要嘛斷，要嘛不動聲色地疏遠。

在這方面，我有一個深切的體會。曾經有一個網友，暫且稱她為Y吧。

其實嚴格意義上不算網友，是見過一面的，她是我朋友的同學。一次飯局上見過，彼此印象還不錯，當時並沒有互留聯絡方式。幾年後，朋友轉發我的文章，她看到後想加我，朋友把她的聯絡方式給我，我們一度聊得熱火朝天，她比較敏感，屬於又自卑又清高的矛盾個性，但卻什麼都跟我說，包括一些個人隱私。因為有共同認識的人，所以共同語言又更多一點。

有一次我遇到一點事，她說要從遠方來看我，我連忙說不用麻煩，千萬不用跑這一趟。現在我偶爾會想到，如果那次我同意她來，後來的我們會不會不一樣？

後來我出了書，還給她寄了一本。但從那以後，很明顯她與我疏遠了。再沒有主動聯絡過我，我主動向她問候過一兩次之後，確定了自己的懷疑，我們之間的確是有了隔閡。緊接著，她刪了我的聯絡方式。我有點迷茫，便問介紹我們認識的朋友，答覆是：「誰知道哪根筋搭錯了？她的個性本來就有點怪。」

我後來反思整理了一下，理清了緣由，也未曾再進一步挽回，隨緣吧。偶爾也會看到，Y現在還會偶爾造訪我的個人網站，但我早已心如止水。

就這樣疏遠，就像看著一枚果子在枝頭，長到一定程度，因為營養不濟，再無法成熟，只能任之漸漸萎縮，最後一陣小風經過，就將它碰落，腐爛於塵土之中。

要說感情基礎牢固，還得說說同學和青梅竹馬。

我的青梅竹馬W，從小一起長大，見證了彼此的成長，知道對方的一切祕密和糗事。現在雖然已經不在一起，但三五天內必打電話聯絡，沒話找話也會嘮叨半天。最常見的一句是：「我這邊下雨，你那邊呢？」這是我們自己之間的特殊暗號，表達著對對方的惦念。

越長大，越孤單，越覺得交朋友太難。身邊的人來來往往，聚了又散已成常態，為利益反目也司空見慣。所以，我和w就算在生活態度上有很多不同，有時候也互相看不慣甚至討厭對方，但是迄今為止我們還沒有想過放棄這段友情，而且，我們還拿出最大的誠意在經營。

這些年我們始終堅持一件事，就是每年排除萬難，兩人相約一次旅行，無論路程遠近，景點大小。去年因為太忙，旅行的事一拖再拖，在一年行將結束時才終於成行。時間緊，我們選擇了去附近的一座山，旅遊淡季的寒冬臘月，山裡萬物蕭條，到處光禿禿的，人也不見幾個，實在沒什麼好看的。但是對我們而言關鍵並不在於景點，而在於完成了今年的任務，其意義就在於「兩人一起」。

這的確有點刻意，但是這點形式彌足重要，因為它給了我們一個維護友情的機會。任何東西都一樣，年久失修必定廢棄。

W說得最多的是：「你說我們會不會將來吵架不聯絡了？」這樣的話，她每年旅行都要說。

可是隨著時間推移，我能感覺到她的心態在變化，從一開始的擔心忐忑，到現在的調侃，這背後折射著一個人的成長，從害怕失去，到坦然接受失去。

會不會疏遠？這個問題我也不知道。人與人之間的關係這麼詭異，我無法預測明天會發生什麼，只好隨時做好發生什麼的準備。

所以，我總會厚顏無恥地對她說：「那就對我好一點，因為不知道什麼時候，我們就疏遠了。」

這句話，與所有朋友共勉。珍惜你身邊的朋友，你不知道，他（她）會在你身邊待多久。人生這一趟列車走走停停，不斷有人到站有人上來，不管時間長與短，是他們給過我們陪伴，而我們，原都是那麼害怕孤單。

給我一盅在光陰裡小火慢燉的友情

早起無事，翻看從前的臉書，一年一年往前刷，看自己這幾年走過的路，看過的書，寫過的字，途經的美好與傷感。

也看自己犯過的傻，努過的力，吵過的架，經過的難。

臉書當然得有朋友的身影，我還看到生命中與他人的各種交集。幾年裡有人走了，有人來，有的人來了就沒有離開，而有的人則自始至終都在。緣分或深或淺，交情或長或短。

我看到自己發了一張明信片，上面是手寫的贈言：「百合：如果讓我總結今年，那麼結識妳一定是我今年意外的驚喜，就像生活突然對我嫣然一笑。謝謝你。」

這是好友美露送的，我們認識的那一年年末，她快遞寄給我一份新年禮物。除了一本名人傳記，還附送這一張卡片做書籤。也是在那一年認識她以後，覺得自己不再那麼孤單，對這個城市有了第一筆好感。

朋友的意義在於，因為一個人的出現，開始覺得生活對自己變得善意。

認識四五年來，我們互相推薦電影，交換書看，了解彼此家人的情況，知道對方喜歡和討厭的人的名字。

然而，我們見面並不勤，分住一城南北，身為忙碌的現代人為了見一次面，得花大半天，經受無數紅燈的考驗，車馬勞頓穿越整個城市，一年見五次已然是我們的極限。

絕大多數的交流都靠電話、訊息加快遞。

有空閒就見，沒有空閒就不見，從不為了見而見。

她媽媽住院做手術，我因為有事走不開，便快遞一點營養品過去，人沒到，但她不計較，欣然接受。

半年前她約我吃一次飯，見面後兩人不覺得餓，於是在商場頂層茶座坐下來，一人一杯燕麥奶茶，一直聊到夜深，店打烊了，我們帶一身寒氣披著星光，各自回家吃泡麵。

用社交禮儀衡量，這都算是禮數疏忽，但友情跟愛情一樣，鞋舒不舒服只有腳知道。

這種友情，像是一棵野生的桃樹，花兒要開開要落落，我們從不為此左右為難。但一年一年下來，這棵樹也長得根深葉茂，有模有樣。

歲月的力量不動聲色，讓友情緩慢牢靠地生長。

一個成年人，如果沒有一兩個相交五年以上的朋友，人生該多麼荒蕪。

那樣的你，也許不缺一起共赴前程的人，卻沒有人知道你的來處，不了解你身上的

舊疾，自然也無法體會你當下的隱痛。當你百口莫辯時，常常張張嘴就算了，懶得多說，因為說來話太長。

你盼望有這樣的人，你在他面前暢所欲言，觀點偶爾出格她也不會愕然，你只需要做自己，不裝不遮掩。

可是，這樣的朋友需要足夠的時間去篩選，足夠的耐心去等待，足夠的考驗去甄別。

那些能留到最後的老朋友，其實一開始時並不見得是自己最在意的，要等很久以後，驀然回首，才發現其他人早已作鳥獸散，只剩他還在。

有一次回家，一推門，看到同學在我家廚房裡忙進忙出，餐桌上放著一盒她帶來的烤牛肉。我總不在，她會偶爾來我家陪我媽聊聊天。

我洗了手，坐在桌前吃肉。沒有太多寒暄，此時說一句謝謝都是見外。

算了算，從我們少年懵懂時開學那天第一次相見，到如今面目平淡在一起吃飯，已經過去了十七八年。

我們共度過很多平淡的日子，見證過雙方人生的重大時刻，知道對方生命中出現過的甲乙丙丁，彼此心靈上的每一道劃痕都了然於心。不會時時膩在一起，但一年不聯絡也不會覺得疏遠。漫長的時光，把我們從同窗進化成了後天親人。

初次相識便過分熱絡來結交的人，總會讓我有很大壓力。越是沒有利益目的，只是單純想做朋友的，我越害怕。我把這種操作稱之為「硬交」。

因為最是朋友，不能隨便做。

我當然相信會有「與君初相識，恰如故人歸」的例外，但絕大部分都會「欲速則不達」。

速成的友情往往夾生，因為時間太短，短到根本來不及真正了解一個人，貿然走近，會成為一場冒險。一旦發現彼此不相融洽後再疏遠，還不如一開始就保持距離。

就像蓋房子，地基不牢，蓋得越快就越心虛，一陣風，一場雨，一點點震動，都會造成極大恐慌，這樣的友情缺乏安全感，會橫生猜忌和事端。

時間就像大風，吹散萍水相逢，留下那些真心的人。

物競天擇，如果你註定是我的朋友，大風刮也刮不走，吹盡狂沙始到金，你比金子還珍貴。

我還聽說緣分自有定數，我的克制便是珍惜。他們說「人生得意須盡歡」，可我情願細水長流地省儉，給後來留出餘地和空間不要對友情揠苗助長，讓它順其自然吧。一輩子長著呢，且將這情分交給光陰慢慢打磨，打磨出潤澤的包漿。

我心中好的友情，包括「伯牙絕弦」：你一出現，其他人都變成將就，你離開後便是曾經滄海。

也包括「王子猷雪夜訪戴」：我向你走來，或者掉頭離開，都與你無關，我只為自己的心。

還包括離我兩步外，點燃一隻紅泥小火爐，爐子上起一鍋湯，鍋裡咕嘟咕嘟冒著泡，熱氣不緊不慢，不讓人心焦火燎。

永遠不糊底，也永遠不溢鍋。因為水夠多，而火不嗆。

這鍋湯，用性情與人品做湯底，真心是鍋底的火，歲月是熬湯的水，生命中一起經過的高低起伏如配料調味品，一樣樣加進來。水與食材慢慢滲透，熬出了一鍋水乳交融的情感老湯。

給我一盅這樣的湯吧，滋補醇香，餘味綿長。

村上春樹說：「憑時間贏來的東西，時間必定為其作證。」這盅湯，你嘗過便知道：真材實料小火慢燉，與加過人工味精的速成款，終歸不一樣。這差別，就在那一段無法補齊無可取代的光陰上。

捨不得用不好的事麻煩朋友

今天一大早收到一個網頁連結，是我在醫院的朋友發給我的。內容是醫院科室爭分奪秒上下合力搶救一個心臟病危急病人的報導。說實話，我一看心裡很激動，這也是我戰鬥過的地方啊，看著照片裡那一張張熟悉的面孔，一個個熟悉的身影，心想如果我在，也會是這忙碌中的一員吧？

朋友說：「這報導寫得如何？」

我說：「不錯。」

她說：「這是院長親自寫的。」

我說：「院長不好當啊？還得自己發通稿。」

她問：「要是妳會怎麼寫？」

我說：「不會比這寫得更好。因為我不在現場，沒有第一手資料和感受。」

她說：「本來有人提議讓我閨蜜操刀。」

她所謂「閨蜜」指的就是我。

她閨蜜我馬上就不高興了：「誰呀？好像跟我很熟一樣。」

她連忙打圓場說：「都是我平常把你吹得太厲害了。」

她是明白人，即便有人慫恿，這種事也不會來麻煩我。她把讓我幫忙的事情嚴格地限定在她我之間，比如幫她寫個演講稿、年終會議稿，還有教她小孩看圖說話上。而這些事，我是再忙也要幫她做而且要做好的。

我忍不住要多表揚她一下。以前我在醫院工會工作時，好多人會過來跟我要個撲克牌、球拍什麼的，我覺得人家交了工會會費的，來要東西理所應當，所以通常都是來者不拒。但她從來沒來要過。有一次我問她怎麼從來不跟我張口，她說：「我們這關係，我要東西怕人說你閒話。」

這事大概她自己都忘了，但我卻一直記著。就算她也有諸多令我恨得牙癢癢的缺點：性子軸，心太實，反射弧又長，老是後知後覺，她常常也自嘲腦子進水。但單憑這一點，在我心裡，她一直是個高尚的人，值得深交的人。

她不給我添無謂的麻煩，正因為我們是好朋友。這和另一類人恰好相反：正因為我們是「好朋友」，只要我找你，你什麼事都幫我是應該的，否則就不夠朋友。

我最反感的是什麼人？是那種一個電話過來，張嘴就說：「我朋友是做什麼生意的，我跟人家說了我有個朋友很會寫，妳幫個忙替他寫個廣告文案」的人，後面還輕描淡寫加一句：「妳寫這個還不是很輕鬆？」

我真想說：「既然很輕鬆，你怎麼不自己來？」對於愛惜羽毛的人來說，每一個字都不會潦草應付，都要過得了自己這一關才肯拿得出手，這其中的辛苦用心豈是你輕飄飄的一句「輕鬆」就帶過的？

術業有專攻，什麼都不白來，據說一個人要在某一行業做到技術純熟需要至少一萬個小時，也就是七年的訓練。每一項舉重若輕的嫻熟背後，都凝結著當事人精誠刻苦的心血和日復一日的汗水。

最近我學剪紙，才發現這個看似簡單其實很費神。一個小老虎，我剪了好幾天還沒完工。教剪紙的老師說：知道不容易了吧？有人看到人家老太太自己剪好的有一大疊，張嘴就是「阿姨你這麼多窗花呢，送我幾對吧」，其中困難非要等自己剪一次才知道。

每一項工作都有自己的價值，值得被尊重感恩，而不是「你正好會這個，就正好給我做這個；你正好有這個，何不給我來一個？」

有意思的是，這些上下嘴皮子一碰就來麻煩我的人，平常基本上並沒什麼深交，頂多算熟人，大部分是無事不登三寶殿的人。他們找我的來由，也許就是在一次觥籌交錯的飯局酒桌上，喝暈了喝多了，聊起了這話題，他一拍腦袋，想起來還認識我，然後又一拍胸脯自告奮勇地說：「我認識個朋友是寫字的，我讓她幫你寫！」打電話給我的時候，我甚至能聽到電話那邊亂哄哄的背景聲音，夾雜著人們喝多了後的胡言亂語和哄笑。

說句不好聽的，在商言商，你朋友既然是做生意賺錢的，怎麼不明白凡事有投入才有產出這個道理呢？你要拓展圈子、鞏固人脈、討好別人，卻理直氣壯地拉我來做免費勞力，這有點不好吧？

至少你要問問我有沒有精力跟時間，是不是能隨叫隨到為你服務。

最讓我為難的是什麼人？

是那種一個電話打過來，問我「你手頭還有自己的書嗎？拿幾本過來，我要送誰誰誰」的人。剛開始，我還盡量滿足，越到後來越覺得不對勁。

且先別說這些書也是我自己買的，它的屬性也是商品。既然是商品，你會對著一個開店的人說：「把你店裡的好煙給我朋友拿幾條白抽」嗎？連你自己都不會去逕自拿一盒抽吧？怎麼偏偏書就例外呢？也許你會說「我是看得起你」吧？

更讓人難受的還不是這個。要送人情我不擔心，如果人家真願意讀，我會工工整整在扉頁上寫上寄語，簽上名字，再恭恭敬敬雙手奉上：「敬請雅正」，感謝人家的知遇之恩。問題是很多時候，你要轉贈的人根本就不讀書，我辛辛苦苦一字一句寫就，積數年心血方得的作品一轉眼就被人家不知道丟哪裡生灰塵了。其實看書有個鐵律：凡是送的書人通常都不會看，因為得來容易就不珍惜，想看的，自己會掏錢買。

對一本書來說，最悲慘的命運是什麼？不是被人翻得散架破損，而是永遠不曾被翻開。我只想我的每一本書都有一個好歸宿。

如果交情到了，對方也是個對我作品感興趣的讀書人，不用人家張口我也會送；張口向我要的，如果真心喜讀我也很樂意；最怕的是落到那些根本不閱讀的人手上。

可是來討書的人不這樣想，他們捨不得自己花一分錢，就想拿這樣一本作者簽名的書去送人情裝門面。而且，他們多半還會說：這個作家是我朋友。

這是朋友該做的事兒嗎？這是拿我當禮品盒子上的蝴蝶結。看著好看，蓋子一掀，丟到一邊。

越來越覺得，那些格外勤快來麻煩你的人，說好聽點是拿你當人脈，說難聽點是既然認識你，有便宜不占白不占。

雖然他們常常對外宣稱和你是朋友，但他們嘴裡的朋友和真正的朋友，定義完全不同。

真正的朋友，他們在真正需要用你的時候會第一時間求助，但不會無節制濫用。因為他們會尊重你的工作與能力，珍惜你的時間，體貼你的感受，保護你的價值。

他們有原則有底線，懂得不過度使用和消耗，來保證這份友情的純粹，延長它的期限。

他們會以你為榮，但也有界線，不會以友情之名來利用你、榨取你，勉強你作難做的事兒。他們不會拿你當掃地機、鋪路石、冤大頭，用你的價值來為自己求虛榮謀私利。

捨不得用不好的事麻煩朋友

他們懂你的不容易，會設身處地替你著想，比旁人更呵護心疼你，不會用一些不相干的芝麻蒜皮小事來擾亂你的生活，分散你的精力，必要的時候，他們甚至會站在你的門外，替你擋掉麻煩。

交朋友要交人品，一個好的人最懂得自律，明白「己所不欲勿施於人」。如果做不到這些，就不具備一個朋友應該有的修養。

打個不恰當的比喻，友情是存在對方心靈帳戶裡的存款，懂得理財的聰明人不會隨便來支取甚至透支。

有個俄羅斯童話〈漁夫與金魚〉。

漁夫老頭網到了一條會說話的金魚，金魚說：你要什麼報酬我都答應你。老頭什麼都不要，放了它。金魚心懷感激。

回到老太婆那去，告訴她這樁天大的奇事。老太婆罵他至少應該去要一隻木盆，於是老頭兒走向藍色的大海，向金魚求助，金魚答應了他。這是第一次。

第二次，老太婆讓老頭去向金魚要幢木房子，金魚滿足了他。

第三次，老太婆讓老頭找金魚，她要做世襲的貴婦人，金魚滿足了他。

第四次，老太婆要求老頭兒找金魚，她要做女皇。金魚滿足了他。

最後一次，她要做海上的女霸王，叫金魚來侍候她。老頭兒去找金魚時，金魚一句話也不說，只是尾巴在水裡一劃，遊到深深的大海裡去了。

人活一世，知己難求，一旦擁有，要鄭重以待。願我們都自覺自律，不要因為那些不必要的麻煩，讓你的朋友從此寒了心，與你漸行漸遠，最後消失在茫茫人海。

致那些生命中給我一程溫暖，又終將遠離的人們

好久沒上社群網站，某天一上去，看到葡萄的一句留言：「親愛的，很抱歉，因為身體原因我下個月要離職了，很捨不得，你也要多保重！多保重哦！將來健健康康地再約哦！」

我看看留言，是十幾天前的，馬上問她：「妳還會回來的，對吧？」

過了一會幾，她回覆：應該不會了。

明知天下沒有不散的宴席，但得到她的答覆以後，心裡還是空了一下。

葡萄是我生命裡極為重要的一個人。

打個比方，就好像是我走到命運的岔路口，自己尚還無知無覺時，等在路邊的她忽然笑咪咪伸出手，溫柔地引領我走上了一條從未走過的路。

這是一條難走的路，荊棘叢生，沒有什麼捷徑可循，只能一路披荊斬棘，隨時拂開掃到臉上來的樹枝。

同行者很少，多數時間大家都是孤獨的旅人。

最好的自娛自樂是將荊棘和野花編成花冠戴在頭上，偷偷跳一小會兒舞。

太累的時候，我想就此折返，可是剛一動念，就聽到葡萄在背後說：「加油，都已經走了這麼遠，還可以再走遠一點。等妳的筋骨走結實了，就不這麼累了。看一下四周，風景多麼美。」

是的，一路風景非常美，而且越來越美，花朵芬芳妖嬈，溪水清澈可鑑，清風吹來，四野微微呼吸起伏，你能看到透明的空氣起了波紋。這世界純淨綺麗，不受干擾，如同一個真實的夢境。

天黑下來，萬籟俱寂，一切生靈都蟄伏休憩，只有我不能停，看看天上的星光，覺得再堅持一下，也許就能找到一間歇腳的茅草屋。可是當我翻山越嶺，從天黑走到天亮，又從天亮走到天黑，才發現這條路上根本沒有驛站可言。原來走這條路的意義不在於抵達，而在沿途那麼美的風景。

我開始享受這種累，而當一件事情開始用「享受」這個詞來形容，就意味著已經從困境中漸漸解脫。

如果沒有她，今天的我都不知道自己在做什麼。也許還是一個普通的上班族，在一個老體制裡上著朝九晚五的班，過著麻木的生活，是那種一眼能看到退休，看到老，看到死的生活。像籠子裡的鳥，人家餵什麼我就只能吃什麼。絕不可能像現在這樣，當一年即將結束的時候，想一想明年還能做點什麼。

五年前一個深秋的傍晚，我在一個昏暗的火車站候車室裡等火車，百無聊賴時去逛站內書店，無意間翻到一本雜誌，看到裡面有一篇名家寫的點評《紅樓夢》的文章。忽然不知天高地厚地想：這樣的文章我也可以呀！回來便寫了一篇，投給雜誌。

沒過多久就收到了編輯的回覆，她說：可以用，以後寫稿子就投這個郵箱哦，署名葡萄。

從那以後，每個月的二十號，這個叫葡萄的人就會掄起小鞭子，對我說：「妳，該交稿子了！」

我不是專業寫作者，沒有大量的時間來思考，只能在生活的縫隙裡零碎地構思，在午休時間或者用工作時間的小空檔一點點地寫。

那時我對文章的好壞沒有多少概念，憑感覺寫，品質全靠葡萄把關。當大家誇我的《紅樓夢》賞析文好看時，這裡面也有葡萄的功勞。

有時候她會說：「妳知道嗎？今天開會我們主編稱讚妳了。」

有時候她會說：「編輯部收到讀者回饋，點名說喜歡看你的文章。」

姑且都當那是真的——其實我不見得有多好，是她願意鼓勵我。

當我偶爾跟她撒嬌說：「這個月事情太多，不寫了，停一個月好不好？」

她馬上痛快答應：「好的，妳調整一下。這個月先放妳假啦！」一個月以後，她會如期拿著小皮鞭站在我面前：「你，該交稿子了。」

啊？一個月這麼快就到了？唉，那好吧。

我是一個很煩人的作者，每次寫完已經交了稿，又覺得哪裡哪裡不好要修改，如此

反覆好多次。但是葡萄每次都不厭其煩，認真調稿子出來跟我討論，這句話到底要怎麼改才對。

我拿捏不定的時候，她會說：「不急，離進印刷廠還有幾天時間，慢慢想。」

當我敲定的時候，她會說：「沒事，進印刷廠之前妳還可以隨時改。」

或者說：「想好了？不改了吧？我馬上就送印去啦。」

在這一次次的修改之中，讓我越來越接近寫作的核心。我漸漸了解自己到底要表達什麼，要表達出怎樣的深度和效果。如果這個過程中，對我的龜毛個性，葡萄稍稍顯露出一點不以為然或不耐煩，我可能就不好再去麻煩她，而失去了那顆求好的心。好在她沒有，而是細心耐心地與我推敲，從一個字，到一個詞，到一句話，再到段落和整體結構，我們都反覆斟酌。

每一篇文章，我們都要改到改不動為止，等到印刷品擺到面前時，我連一下都不想看。我想她一定也是。

大約寫到一年多的時候，葡萄忽然對我說：「百合，妳也出本書吧！」

我說妳別逗我了。

致那些生命中給我一程溫暖，又終將遠離的人們

她說：「我了解，妳可以！」

就這樣，不由分說地，她在我的心裡又種下一顆出書的種子。

當字數存夠，真的要出版的時候，我差點在書的扉頁上印上「獻給葡萄」，因為沒有她最開始的引領與鼓勵，我一個庸庸碌碌混日子的人，根本不可能成為一個作家。

沒什麼商量，我「命令」她來為書寫跋。這回終於輪到我掄起小鞭子叫她交稿子了，她痛快答應了。

當她把跋寫好，我看到了經過幾年磨合後她對我深深的了解，她這樣描述我：「她說一個好的作者應該隱藏自己，只奉獻自己的作品，迄今我只能確定她的性別——」

是的，你沒看錯，除了性別，我們對對方一無所知。

她不知道我的真實姓名、樣貌和年齡，就像我也不知道她的一樣。五年多來，我們就是這樣度過的，既陌生又熟悉。在文字的世界裡，我們是最熟悉最親密的搭檔；在生活裡，即使迎面走在大街上也會擦肩而過。

我們沒有對方的通訊軟體。她有在看我的網站，但從來不留言。她很體貼，成全了我只想躲在文字後面，與人保持一點疏離的小心思。

我們互相留了電話，有一次有急事我打電話給她，她有事沒有接。後來她回：「怎麼了？」連聲音都是迴避的。

她有來過我的城市出差，都是回去了才告訴我：她來過。

有一次雜誌社舉辦作者見面會，她問我：「妳能來參加嗎？」

我怕見人，於是反問：「妳怕見我嗎？」

她說：「怕。」

我說：「那我不去了。」

她說：「好。」

然後她就愉快地向上司覆命去了。我似乎能看到她如釋重負長出一口氣，我又何嘗不是？

選擇不見，是一種近鄉情更怯、想見又不敢見的珍惜與忐忑。我們很像，有同樣的敏感與緊繃。

曾經以為我們會以這樣特殊的方式同行很久很久，只要這個雜誌社不倒閉，我們就能這樣一直下去。

然而現在，她親口告訴我說要離開，這意味著我們今後的連接即將切斷。她把我交付給另一個編輯，並告訴我說：「對方是一個可愛的女孩。」

我對她說：「反正妳短期內不打算上班，要不我們約個地方私奔一次？」

她說：「我先養美一點，現在還很黑。」

看來還是不敢見，我了解那種感覺，因為太珍惜而不敢面對，怕自己不夠好，配不上如此美好的會面。就讓我們活在彼此的想像裡吧。

她曾經在跋裡寫她想像中的我：是一個穿著米色風衣的優雅女子。優雅未必，我常常在生活面前灰頭土臉氣急敗壞，但我真的有一件米色的風衣，深秋的時候，我會穿它走在風裡。如她猜想，我喜歡看溫暖陽光照耀下的山河明媚。

也許就此一轉身，她消失在茫茫人海。我們此生再也不用相見。

也許在某年某月的某一天，她會站在我面前，我們會互相微笑著打量對方：呀，妳和我想像中太一樣，或者太不一樣。

永遠不會忘記，人生中的那麼幾年，百合和葡萄兩個女子因為文字結緣，曾經並肩前行過一段，相互信任，相互借力，又相互成全。我牽著她的衣袖，任她領著我

向前走。

今天，她忽然站在人生的街角處，說她不走了，就此別過。

我能說什麼呢？想說從此分兩地，各自平安。

我在這裡祝福妳，前路平坦，橋都堅固，隧道都光明。妳知道嗎？妳是我生命中的貴人，某種意義上講，是妳幫助我重塑了我自己。

我們這一生啊，要把多少不真心的甜言蜜語說給不相干的人聽，而對自己最感激的人，卻言辭笨拙，詞不達意。

其實最想說的是：我捨不得你。

多少人都是如此，在我們本來已經習慣了有他們之後，忽然抽身離去，在我們生命裡留下或深或淺的印跡。我們站在原地，看他們坐著命運的列車駛離。只希望將來有那麼一刻，沒有來由地回憶起往事，忽覺得世界這麼大人這麼多，不枉我們白白相識一場：不曾因共事時做事潦草應付而悔恨，也不因相處時陽奉陰違而羞愧。

我知道離合乃人生常事，人就是要在不斷別離之中老去，但還是禁不住要用一整天的時間來感傷。

致那些生命中給我一程溫暖，又終將遠離的人們

謹以此文，致那些在我生命裡溫暖過或正溫暖著我，而又終將遠離的人們。

第三章　有一種優雅叫「沒得商量」

說廢話，是在靈魂入口處大聲喧嘩

我身邊有兩個朋友，他們聊天時都喜歡說同一句話：「我跟你講，是這樣的──」聽起來都差不多？但我的反應截然不同。

對A，我的眼前是撥開雲翳升明月。

對B，我想用頭撞牆，又來了！

因為，A接下來的內容總是簡明扼要，正中靶心；

而B，這句話是「環球旅行」剛剛邁開第一步。如果把所談論的問題比作中心，他必定要從最遠處說起，你不知道他要繞多久才能到達目的地，在這個過程裡，你總是找不到自己的興趣點，卻被動接收一些沒用的資訊，我的耐心已經耗光，但仍然前路漫漫無期，看不到曙光——就像是前戲太長，等高潮等得要睡著。

到後來，當我一聽到B說「我這麼跟你說吧」，我腦袋就「嗡」地一響。不聽不禮貌，聽就是受折磨，漸漸地，我跟B的話越來越少，盡量不招惹他。

B之所以這樣，也許是他太想表達完整，致力於每一個枝微末節都想交代，以至沖淡了談話主題。但越是這樣就越顯得囉嗦，越暴露出自己邏輯不好。

《甄嬛傳》裡有個情節，皇上正為了時疫焦頭爛額，華妃帶著御醫前來邀功，說已經找到了醫治時疫的良方，讓江太醫講解。江太醫直挺挺跪在地上，從中醫知識開始，細說從頭「風、寒、暑、溼、燥、火，六邪氣從口鼻而入，若是太過，均可產生疫氣，侵犯上焦肺衛，於五內肺腑相剋而為時疫——」皇上的眼神越來越不耐煩，沒等說完，龍顏已怒：「不要吊書袋，揀緊要的說！」

這有點像之前我們公司開會，各部門依序簡要彙報自己部門的近期工作，這是最能看出個人邏輯能力的時候了。有的人三言兩語就把事情交代得脈絡清晰，有的人卻長篇大論還讓人不知所云，老闆只好說：「你先停，現在我問，你答。」

看，很多時候，不是比誰能說得事無鉅細，而是看誰能說到重點上，因為時間有限，得能分得清主次先後，關鍵時刻先處理最重要的。

廢話多的人，除了邏輯不好，還有一種是表達欲過剩。

幾年前，我認識一位叫T的女士。因為有旺盛的精力和大把的空閒，她對誰都可以津津有味地嘮叨半天，話題寡淡無味，全都散發著隔夜的麵湯味。當她一如既往地湊近我，鼻息咻咻，抽絲剝繭地從她三代以外的遠親開始說起，我都得當心地管理表情。

彼時面子還軟，每次都打起精神敷衍。在她的聒噪裡時間噌噌噌地過去了，我愣是不敢打斷。她過足了話癮後，我常常很鬱悶：我為什麼要容忍別人浪費我捉襟見肘的時間？敗時間比敗錢還糟糕，如果一定要敗，也應該敗在一個言之有物的人身上才是。

後來每次重溫《大話西遊》，看到星爺忍無可忍一棍子把唐僧掄倒在地，我都要陰暗地大喊一聲：「早這樣多好！」

其實不限於沒讀過多少書的T，許多讀書人也有這個毛病，因為他們太好為人師。

曾經瞠目結舌地看著某些「高人」在飯桌上滔滔不絕，一桌子人都投杯停箸洗耳恭聽，好好一場朋友聚會成了一場個人演講。他們的邏輯當然沒問題，壞就壞在邏輯太好了，為了透澈解析自己的觀點，明明一句話能說完的，非要遠兜近轉旁徵博引，聽得人煩不勝煩。

而且他們尤其喜歡開導別人，但是又根本沒耐心設身處地體會別人的困境，用自己的過來人經驗推己及人，一味喋喋不休，居高臨下地指導甚而教訓，以善意的名義給脆弱的對方製造二次傷害。

廢話太多，表達欲雖被滿足，自己是舒服了，但消耗的是聽者的能量，這是很不厚道的。

人在江湖漂，嘴是行路腳。說話是一門技能，能不能成為說話高手要看悟性和天分，但至少先別成為一個因為廢話多而令人討厭的人。

邏輯不好的，可以自我訓練。陳述一件事，不妨試著用「倒金字塔」方式，先說最主要的內容，如果有時間，可以接著說次主要的、次要的，對方還有興趣接著聽，不妨再加上細節與花邊。好好說話，又不是講相聲段子，即使想抖包袱，皮也別太厚。

表達欲過剩的，有兩條路。

一條是觀察。嘴巴打開的同時，不要關上耳朵和眼睛，要察言觀色。耳朵用來傾聽

談話對象的思路和興趣，就不會一意孤行越說越遠了；眼睛用來看，一旦發現對方眼神渙散笑容敷衍，就代表人家已經心不在焉了，別說了，適可而止吧。

另一條是建立專用通道。找個和自己興趣相近有共鳴的朋友，把那些「不要緊的廢話」都說給他聽，他不會笑你煩你，反而會津津有味地參與。

我曾經在盛夏，午休時間，驅車趕往郊外閨蜜W的住處，說：「我有一大堆精神垃圾，要倒給妳。」她說：「可是我覺得，妳那垃圾裡全是寶。」W也可以隨時隨地騷擾我：「忙不忙？陪我說話。」接著開始一段無主題的漫談時光。啊，今夕何夕，夜短話長，有一個能說廢話的朋友真是千金不換。

你說什麼樣的話，你就是什麼樣的人。

蔡康永說：「如果，我們練習，把我們相信的事和我們說的話盡量變成一體，那我們比較可能因為說話謹慎，而成為一個謹慎的人；或者因為注意說話的品味，而成為有品味的人；或者，因為訓練自己好好傾聽，而終於變成一個善於站在別人的立場想事情的人。」

不說廢話的人，應該是自律的人。

不說廢話，就意味著不濫用說話機會，浪費他人時間；意味著尊重他人、不在他人的靈魂入口處大聲喧嘩；意味著不說則已，一開口必是經過深思熟慮，是實實在在濃縮的精華。

根據能量守恆定律，許多廢話少的人，多把力氣用在了實做上，成為「敏於事而慎於言」的楷模。反過來說，多少麻煩不是因逞一時口舌之快而起？所以王陽明才說，話到快時能忍住的人都有「大勇」，因為他們具備強而有力的自我掌控力。

更何況，生命並不長，平均換算下來每人在這世上逗留的時光只有九百個月，多珍貴啊。把廢話清空，用騰出來的時間去學習和充電、思考與觀察、突破與提升吧。實在無事可做，四十五度角仰望天空也行啊，天空藍這麼美好，抓緊時間欣賞，今天有，說不定明天就烏雲密布。

堅持一段時間你會發現：廢話越少，就越自由。克服了口舌慣性而省下的時間與空間，就如同國畫裡的留白，讓生活整體疏密有致，濃淡相宜。留白不是送的，一樣要按尺算錢；而我們的收穫，便是這精簡清理過的人生。

所謂珍惜，就是物盡其用

我老家的房子有將近三十坪，不算大，格局也不算好，客廳偏小，餐廳偏大，廚房設在南邊，夏天陽光毒辣，每做一次飯就像洗一次三溫暖。

但這個房子好像有魔力，不管什麼時候，只要一打開門，總覺得眼前一亮，說不出的清爽宜人，在裡面住幾天，就能吸到飽飽的能量。

房子採光好，這是其一。

其二，乾淨整潔。我媽總是把地板拖得光潔可鑑，讓人一見精神一振；她總是把床單拉得平平展展，沒有一絲皺褶，這樣的床鋪不要說睡，單看，心裡就十分舒服。

地板和床太重要了。如果說房間是一個家庭的臉面，地板和床鋪就是這張臉的皮膚底子。底子透亮光潔，再平庸的五官也會有幾分光彩照人。

我開開心心幫我媽拖了地，拉了床，發現拖地拉床的過程其實也是一個內心療癒的過程。尤其是拖地，當心裡有不開心的事，集中精力拖完地，看看光潔的地面，就好像把煩心事也抹得乾乾淨淨似的。

環境是內心的映照，當身處一個乾淨整潔的環境，人的內心平靜愉悅，腦電波更不容易被干擾。

除了這些，還有最最最重要的一點，就是不囤物。

家裡四壁光潔，牆刷得雪白。我媽不輕易往牆上多掛東西，客廳裡牆上的大電子鐘，餐廳牆上三公尺長的鏡框國畫，七八年了，從沒換過。壁掛電視的上方貼了一張羊年大剪紙，不知道過了幾年，我媽就喜歡貼著。

傢俱不多，剛剛好夠用。電器該有的都有，電視備了兩臺，客廳、臥室各一。其他的絕不多餘。

客廳裡只有一盆綠植，打理得鬱鬱蔥蔥，葉子墨綠油亮，讓人不敢無視它的存在。

但凡有了點年紀的人，家裡不免會有一些積存的舊物，但我媽不是，家裡沒有一樣多餘的東西。需要再買，買就買能用得住的，錢不夠寧可不買，也不退而求其次。這樣一來，家裡的每一件東西都是自己喜歡的，用心維護開心使用，反而提高了物品的使用率。

東西少，打掃起來就很方便，又省去許多心力。

在這樣的家裡，空氣是新鮮流通的，不會因為塞滿了各種舊物，散發出陳舊累贅的氣息。

視覺上更是簡潔通透，眼光所到之處不會因為雜物太多而心煩意亂。我媽晚上睡覺沒有拉窗簾的習慣，但我在這樣的房子裡睡覺從不失眠，睡得很沉。我覺得跟房子裡的流動的正能量有很大關係。

即使是看不到的地方，我媽也不會塞得滿滿。

洗臉臺上的保養品，她成套用，用完再買，用不習慣的，有一款珍珠霜，她覺得太白了，就送給我抹腳。不像我，用不完的瓶瓶罐罐一大堆，還在不停「剁手」。

她的衣櫃裡永遠是半滿，一目了然。

買衣服她只買自己喜歡的，和阿姨們逛街買衣服，阿姨們免不了會團購砍價，大家人手一件，我媽很少這樣。

衣服也只穿自己喜歡的。舊了不喜歡的，馬上打包處理。前段時間我給她買了件昂貴的外套，她試穿了一下，覺得和自己的身材不搭，連吊牌都沒摘就送回來給我了。十幾年前的一條舊絲巾，她喜歡就經常拿出來繫。我和弟弟一人送了她一條羊絨圍巾，她馬上轉手送了我阿姨一條，說自己一條就夠了。

去年買了一雙涼鞋給她，她很喜歡，今年還穿著。每天擦洗得乾乾淨淨再穿，即便是舊鞋，也穿得體面。

鄰居阿姨總覺得沒衣服穿，於是不停地買衣服，但又捨不得買好的，買回來穿兩天就不喜歡了，又捨不得扔，只好囤著。其實她買三件衣服的錢，早夠買一件好的了。她一直覺得自己會過日子，其實是浪費而不自知。除了浪費錢，還造成了更多的心理內耗。

人生太短了，每一天過去了就不會回來，哪一天都不應該穿自己不喜歡的衣服來打發。

崑曲家張允和回憶父親吃飯時發現飯碗上有小缺口，就會不動聲色地用大拇指按住，吃完飯，將碗平移到桌邊讓它自由落體，傭人忙不迭地上前接，只有她母親用讚許的目光看向父親。

我把這一段讀給我媽聽，我媽說：「我也不用有缺口的碗。」她說她小時候，家裡人用的東西都盡量講究耐用，用這樣的東西反而會加倍珍惜。

經過大半坎坷的人生，生命境遇的大起大落，也磨滅不了她骨子裡的東西。野火燒不盡那自幼薰陶出的精緻，春風一起，她又恢復埋藏已久的審美力。

想想也對，「美食需用美器」，如果經濟條件允許，盡量不要潦草打發。一天要吃三頓飯，一年就是一千多頓，一輩子是多少頓？用不著因為湊合一個破碗，讓自己頓頓吃飯的心情打折扣。

我媽不言傳，但身教：用物，要少而精。

曾經有一本整理書叫《怦然心動的人生整理魔法》，是日本人近藤麻理惠寫的。這本書的大部分內容基本上都在教人扔東西。「扔掉無用的東西是替房子排毒，房子也會替我們排毒」。這話我信，房子是我們內心和身體的寫照，它輕鬆愉悅，我們才可能身心健康快樂。

在扔的過程中，你會發現，其實根本不需要這麼多東西。我們囤物，很大程度上是一份不安全感在作祟。

現在，問一下自己：是對自己的能力有多不自信，才要這樣像老鼠似的囤物？也許是童年時的物質匱乏感還在，所以誤以為囤物就是惜物。

但成長和進步就是要不斷從舊的觀念區走出，不斷進階，讓生活越來越美好才對不是嗎？

韓國法頂禪師在《山中花開》裡寫過一句話，深深地擊中過我：「擁有一個的時候，不要企圖擁有兩個。怕窮的心態本身就是一種窮。」

所以，物質過多會被物質所累，以為自己擁有了很多物質，反而有可能是被物質綁架挾持了。物質應該為我們所用，我們對它們有使用權、選擇權、丟棄權。用它們的時候，用感性好好對待；不用它們的時候，用理性果斷捨棄，不用讓它們替我們承載太多的東西。

我們將它們放得久了，又不使用，據說會讓它們生出怨氣，來擾亂我們的身心，影響我們的生活。目光所到、觸手可及之處，如果處處是雜物、舊物、無用之物，該用的東西卻總找不到，這就說明生活已經被物囚禁了。

真正的惜物，就是不囤物。只留下自己真正需要和喜歡的，開開心心地使用它們，讓它們發揮自己最大的價值。這就叫物盡其用。

有一種優雅叫「沒得商量」

和朋友A吃飯，她說：「每當妳說起文字、電影、夢想和生活，妳滿臉微笑，我覺得妳好美又陽光、優雅，但是當妳偶爾說起妳討厭的人和事，妳的表情會變得有點凌厲。」

她接著又說：「妳就不能時時保持住最美的那種表情嗎？」

臣妾做不到啊。我當然嚮往那種時時優雅的狀態，但是在沒有抵達那種境界之前，我在朋友面前不想假裝。而且，我並不為此感到羞愧。

有一次我和A一起坐計程車。司機自己走錯了路，卻抱怨我們一開始沒說清楚，A不辯解還一直打圓場。結果司機沒完沒了，我見狀乾脆地對他說：「師傅，錯就錯了，我們都沒抱怨什麼，你抱怨什麼?現在繞路回去就對了，又不會少你錢。」一句話就把他講沒電了，一路清淨。下車的時候，他自覺少收了二十塊。

A說她後來一直在反思，為什麼她也很生氣，卻不敢這麼直接地跟人家說話。

A從小到大順風順水，被保護得很好。她現在熱衷於做類似靈修的事情，認為人有負面情緒只有一個原因，是自己的修為不夠，哪怕明明是被欺負了。

事情真的是這樣嗎？

我有一個女同學，她當年做過一件很轟動的事，就是趕在一家人結婚時登門要帳。主家覺得既沒面子又太晦氣，於是責罵轟趕，她就是不走，橫眉怒目以一敵百。眼看著新娘子就進門了，主家沒辦法，趕緊從現收的紅包裡把欠她家的錢取出來給了她。圍觀者都說：「這誰家的小女孩？長大了還怎麼辦？」

公司裡有個不以「我這麼英俊瀟灑」開場就不會說話的「幽默」男同事。一次，遇到一位喜歡借酒鬧事的前輩喝多了，闖進了他的家裡，他眼睛眨都不眨，就拎起對方領子，直接把他甩到門外去了。

這兩個人一點都不優雅、不紳士、不和風細雨，簡直全都是反面教材，因為處理事情的姿態都太難看了。

可是，這些事情就像光碟一樣，除了A面還有B面呢。

欠錢的那家人其實是女同學父親的生前好友，當年借了錢之後，一直到她父親去世都賴著不給。她母親一人拉拔他們兄妹三人，十分窘迫，為了討債她從小就跟著母親不知怯生生地登過多少次門，看過多少次這家人的冷臉，卻年年討要無果。這一年，母親臥病在床，等著錢治病，開學了她和弟弟的學費、生活費仍無著落，家裡連下鍋的米都沒了。她是心一橫，握著拳頭渾身發抖直奔那家人去的。

而那「瀟灑哥」曾經給我講過一件童年小事：那年他只有五六歲，自告奮勇要替家裡出去買早點。他端著小鍋乖乖地排隊，好不容易排到攤前的時候，因為個子太小老闆隔著桌子看不到他，後面人就把他推到一邊去，他只好跑到隊伍後面再排一次，臨到桌前又被擠開。如此反覆排了好幾次，旁邊有人替他說了句話後他才買到。小男孩端著那一小鍋豆花一路哭著回去，整整一天都沒說話，用他的話說就是「從此性情大變」。

雖已時隔多年，他跟我講起這件事時，聲音仍然止不住地發抖，我不敢看他的眼睛，抽了一張紙巾丟過去。

「你性情是怎麼大變的？」我問。

之後不久的一天，他跟姐姐一起坐火車，兩個孩子很自覺地買了票。小姐姐靠著他睡著了。下一站有人上來，有人指著他們說：「小孩起來！給人讓座。」而那位新乘客，果真就站在他座位旁邊等著。他小心翼翼把姐姐扶起來靠在車窗上，自己則爬到座位上站起來，站得和大人一般高，大聲說：「憑什麼我讓座？我買票給你了嗎？」一車的人都笑了。那個乘客說：「算了算了，讓這小子坐著吧！」

也正是這件事，讓他獲取了第一份珍貴的人生經驗：面對無理要求，要果決乾脆地回擊，不讓自己受不該受的委屈。

三毛寫過一篇文章叫〈西風不識相〉，寫她走過很多個國家見過很多人吃過很多次虧後的感受：「這個世界上，有教養的人，在沒有相同教養的社會裡，反而得不著尊重。一個橫蠻的人，反而可以建立威信，這真是黑白顛倒的怪現象。」於是決定不再遵循父母「吃虧是福」的叮嚀，而是化作一隻白額大虎，變成跳澗金睛猛獸，專咬那些沒教養的傢伙。

所以說，像A那種一遇到惡意就習慣先自省自察的人，是「虎狼屯於階陛，尚談因果」，一定是偽雞湯喝多了，不自覺地給自己的逃避和懦弱貼了金。

不是所有的人都心地純良。這社會魚龍混雜，我們行走其間，眼前有時候是優美文藝的旅遊風景畫，有時候是遵循叢林法則的「動物星球」。要學會左手拿糖右手握棒，遇到好人發顆糖，遇到尋釁的惡人一頓敲。劍拔弩張甚至交手時的姿態當然不可能好看，但打碎牙齒和血吞的優雅我們寧可不要——實際上那不叫優雅，叫軟弱。

不受沒來由的窩囊氣，敢為自己說話爭取，逼急了和人拍桌子翻臉，摔書本吵架，但這並不能否定你是個好女孩。

林志玲，說她優雅應該沒人會反對吧，永遠笑靨如花，輕聲細語，不吐惡言，和比自己矮的人握手時會半蹲雙膝。但在《花樣姐姐》裡，在異國遭逢無良司機敲竹槓時，一直站在李治廷背後的林志玲也會挺身而出，口氣堅決地說：「沒得商量！」

這一嗓門真叫人刮目相看，誰說優雅女人只能當花瓶？她該是既能柔情似水，也能披掛上陣，面對直面而來的不善與欺侮，那中氣十足的一聲「沒得商量」是另一種更高層面上的優雅。

止損設定低一些，人生損失小一些

學姐的女同學新婚之夜被醉酒的新郎打了。酒醒之後，新郎痛哭流涕地向新娘道歉，說自己喝多了糊塗，以後一定不會了……新娘左思右想，原諒了他，兩人和好如初。

沒多久，男人又喝多，半開玩笑地用拳頭輕輕捶她一下，也就一下，這位姐姐二話不說，直接去廚房拎了把菜刀出來：「你再動我一下試試？」

我當時驚著了：「男人雖然可惡，但這新娘也太生猛了吧？」

學姐笑了：「你，很傻很天真。」

他們後來呢？

後來？學姐笑了：「男的再也沒有酒後動過手，喝再多都沒失態過。他們一直都很恩愛。」

這個故事超出了我當時的認知。我無法理解這兩人在婚姻裡的狀況，這世上還有恩愛的婚姻需刀兵相向來維持的，奇葩！

後來看了許多家暴案例，無一不是這樣的規律：家暴，一方追悔莫及道歉，一方原諒——家暴，一方道歉，一方原諒——再家暴，再道歉，再原諒……

周而復始，往而循環，成為一個走不出去的莫比烏斯環，到最後結局無不血腥慘烈：除了婚姻解體，還有的鋃鐺入獄，甚至家破人亡。

再回頭想想那位姐姐的做法，從根本上講是對的。戰術上尚待推敲，戰略上英明果斷。

這世界不是非黑即白，灰色地帶永遠存在。她第一時間亮出了自己凜然不可侵犯的底線，用一把菜刀決絕地剁掉了他人性中剛剛萌芽的惡，將這個她還愛著的男人從灰色地帶拽回光明，沒有任其墮入罪惡黑暗，同時也保護了自己的人身安全。導正婚姻的方向，沒有任其一路走偏成為悲劇。

雖說如此，以暴制暴，從理論上並不可取。

我剛上班第一年，被「發配」到醫院附近的衛生所見習。衛生所在一個偏遠小山城，沒有人願意去，只好委屈剛畢業的小朋友們。

那段日子很閒，也很寂寞，因此，部門內三五個人的相處顯得尤為重要。相處好了就是相依為命的一家人，但凡有幾個人處不好，就顯得小集體有點分崩離析。

我不幸遇上後一種。

所裡兩位前輩勢如水火，基本上不打照面，好在有輪班，總是你來我走。偶爾兩人同在，氣氛就不太對。後來，對他們的事略有耳聞，才知矛盾根源在一把象徵權力的鑰匙上。

甲是長官，一開始把這權力交給了乙，後來因故收回，冷戰由此開始。

我就不八卦中間因果了，只是甲曾私下說過一段話，讓我記憶深刻。大意是：「一旦發現下屬有問題，要第一時間溝通，不能礙於面子姑息而奢望別人自省。不然，工作上的問題累積成大的，處理起來傷筋動骨，會變成個人恩怨。」

他的話我記在了心裡。後來我自己也做管理階層，遇事也曾心軟過，但發現問題就抓緊時間解決，方式可能因人而異，但本質一樣，就是要防患於未然，「疾在腠理」時最好治。

管理者不能面子太軟。《紅樓夢》裡，尤氏是出名的「賢良」，李紈外號「大菩薩」，她們屋裡的人業務不精到連伺候主子洗臉都不會，還得當著客人的面當場教；王熙鳳號稱「臉酸心硬」，去寧國府打理秦可卿後事，頭一個遲到的先賞了二十板子，別人一看，都「不敢偷閒，自此兢兢業業，執事保全」。喪禮才辦得風風光光，保住賈府顏面。

這種不姑息的做法從長遠來看對誰都好，當然更值提倡。除非你另有圖謀，先讓對方累積小錯誤，存一票大的，好師出有名地幹掉人家。

朋友S告訴我，她和某某決裂了，原因是她受夠了後者積年來對她習慣性的調侃蔑視。

她曾向我訴苦，說某某總是有意無意嘲諷她，甚至還給她起了個有侮辱性的外號，她也不是沒抗議過，但對方說這稱呼是暱稱，表示寵愛。

她是個善良敦厚的人，每次在我這兒發洩完後，就長出一口氣說：「算了，我忍忍吧，畢竟這麼多年的情分。」

但忍是「心字頭上一把刀」，終於有忍不下去的一天，友誼的小船至此說翻就翻。外人都奇怪：「你們不一直關係不錯嘛！不就是一句玩笑嗎？」可是，那句貌似玩笑的譏諷恰是壓倒駱駝的最後一根稻草，之前她心中積壓的憤懣實在太厚了。

不止S，很多人都這樣被所謂的朋友屢屢傷害，心思細膩的人好多天都緩不過來，憋成內傷。

我的閨蜜X，時常在聊天時忽然控訴某人對她居高臨下的態度。我也不好表態，恐有挑撥之嫌。一次終於忍不住開了句玩笑：「你這反射弧也太長了，這都多長時間的事了。」她說：「我當時沒反應，還不是怕翻臉不好看。」可惜人的承受度終歸有限，這種「翻不起臉」最後往往演變成「徹底翻臉」。

換個角度想，那種不顧你的感受一味任性對你的人，他們真的拿你當朋友了嗎？委屈終不能求全。

「己所不欲，勿施於人。」是文明社會最基本的交往準則。當下生活節奏之快和壓力之大，已讓我們自顧不暇，實在不允許也沒必要去額外負擔他人強加給我們的不愉快；

反過來說，我們也沒權力隨便給別人添麻煩，還苛求別人寬容擔待。

同樣受過此類困擾的已故作家三毛，在總結一堆自己的窩囊經歷後，痛心疾首地說了句金玉良言：「是我先做了不抵抗的城市，外人才能長驅直入啊。」

如果第一次被冒犯，你就用自己的方式發出正式聲明：此路不通。別人想必也會識趣地收斂吧？何必走到兩敗俱傷這步。在一場決裂關係的兩端，即便你站在正義一方又如何？對方是有錯在先，但是你又何嘗不是用忍耐在推波助瀾？

從博弈角度看，你除了經營失敗外，還付出了成本——曾經平白受過對方那麼多氣。你說，你得到了什麼？

我有兩個哥們，據說初次相遇是在牌桌上，A一上來就耍賴，B見狀把牌一攏，一擺手：「我不玩了。」鬧得不太愉快。

結果呢？很奇怪，A從此跟B一直很客氣，他們後來成了生意夥伴，合作得居然很愉快，都很講規矩。

你看，有時候就是這樣，你有自尊別人才尊重你，從此會少很多糾結和麻煩。而你們的關係，也許會因為對方的修正而實現良性發展，磨合好了前景一片光明。退一步講，即使做不成朋友，頂多敬而遠之，也不用升級到翻臉的地步。

我在跆拳道館，曾見兩個年齡相仿的小朋友，練習時一個對另一個惡語相向還動作變大，教練立即上前制止並嚴斥。中途休息喝水，教練安撫受了委屈的小男孩，問他怎麼想，小男孩說：「這是第一次我先忍了，如果他下次還這樣，我就正式警告他。」說完，他眼光炯炯地等著教練表揚。在一旁遞水的他的媽媽說：「這一次不要忍，就不需要有下一次了。記住了嗎？」

希望我們都記住：「第一次就不要忍，就不需要有下一次。「這句話的確與我們從小所接受的「寬容禮讓」的教育不合轍，但你會慢慢發現，對一個人來講，它放在任何領域任何層面，不管是職場還是家庭，友情還是婚姻或其他人際交往，幾乎全部適用，生活會因之變得清爽俐落。

如果覺得這句話戾氣太重，那不妨換個說法：止損點設定得低一些，人生的損失就小一些。

當然，不提倡忍耐不代表一定要睚眥必報，一定有破壞而無建設。至於如何掌握回應的尺度和技巧，盡量不傷和氣與大局，那將是另外一個話題。

你活得不痛快，也許只是因為太乖

我和朋友羽相約第二天下午喝茶，她到時候開車來接我。

到了第二天下午，大約三點左右，她還沒來。

我想打電話問她到哪了？又怕這樣一問好像是催人家似的。於是我換了個說法：「親愛的，今天下午還過來嗎？」她說：「我開車送個人，等等過去接你。」

我一聽人家一個電視臺工作的大忙人，哪像我一個「死宅」沒事做，還得惦記著赴我的約，我這邊反正也沒什麼急事，就別占用人家的時間了。

我怕她不好說出口，於是主動說：「如果妳太忙，今天就不用過來了，我正好補補眠。」

她一聽，馬上說：「好的好的，妳先休息。」

我如釋重負，終於不用給人添麻煩了。

過沒多久，我們的小群組裡有人問我忙什麼，我說打掃屋子洗衣服啊。

羽馬上傳訊息給我：「妳起來了，我接妳吧？」

我說：「妳在哪呢？」

她發了位置給我，已經在幾公里外了。

我說快不用了，都跑那麼遠了，不用再回來，累死了。

她沒再理我，過了一陣子，她打電話說：「下來吧，我在妳家社區外面！」

一上車，我就說：「妳不是正忙嗎？怎麼還跑過來。」

她說：「妳說妳有點累了，我才走的。其實妳剛才打電話時我已經在你家附近了。」

一時之間竟有點尷尬，為我這多此一舉。明明可以早點解決的，憑空讓人多跑了這麼遠的路，外加浪費一小時。

羽咬著指頭沉默了幾秒，說：「妳知道嗎？妳就是太乖了。」

從小，我就是個懂事的乖孩子。

我們家裡來了客人，小孩子是不被允許上桌的，我們要自動迴避。四五歲那年，和我弟在我二姨家住，二姨家來了客人，做了滿滿一桌子菜。我看了看，按老規矩，拉著我弟弟往外走：「我們到外面玩去。」渾然忘了自己也是小客人。等客人吃完飯走了，我們才回來。這件事我自己不記得，被親戚們津津樂道了很多年。

這當然和我的家教有關。我外婆家祖上有一點來歷。雖然時移世易，但根植在DNA裡的大家族規矩卻在血液裡留存沉澱了下來，不知道要經過多少代的稀釋才能完全看不見。

從小到大，我耳朵裡灌的都是這些話：

「能不給別人添麻煩就不要，自己能做的事自己盡量做。」

「要懂事要體面，不能讓人笑話不懂眼色。」

最不能理解的是這句：「出去吃飯，別人放筷子妳也放筷子，吃不飽回家再吃。」

我問：「媽，這是為什麼？」

「沒有為什麼，我們小的時候妳外婆就是這麼教的。」

別人都誇我們教養好，懂禮貌。優雅的談吐，得體的待人接物可以習得，可是如今成了我爸嘴裡的「窮講究」。直接後果是我成了媽媽的低階版，因為她們不屑的我根本沒見過，就算想要也不敢說要。

也許從那時候起，我的潛意識裡被植入這種暗示，那就是「我不配擁有好的東

西。」幼時桌上的美味佳餚，和今天朋友專程為我花時間跑的路，本質上一樣，都是我不配擁有的重視與愛。

長大後的我，對那些勇敢說「我要」，勇敢表現爭搶的人，既嫉妒又不以為然。嫉妒是因為自己做不來，不以為然是覺得他們的姿態不好看。

到今天，我在碌碌半生之後，經歷了一些事，也漸漸明白：乖孩子一定會得到讚揚，而不乖的孩子則可能得到全世界。

我不知道有多少人和我一樣，在家長嚴厲的管教下長大，腦子裡被灌輸了許多做人的道理，沒有一點敢被人討厭的勇氣，不敢越雷池半步，只敢規規矩矩成長，即使內心叛逆，表面上也一派溫順。最後，這樣的孩子多少都有一點矛盾。

這擰巴，就是本我、自我與超我「三個我」之間的不統一、不相容、不接納，就像開了一輛特別的車，開左轉向燈的時候，方向盤會不由自主朝右打。開車的人心怎麼能舒服呢？

當然，平心而論，乖孩子也有乖孩子的優勢。

首先，自己不具有攻擊性，不會惹來不必要的麻煩。但就像食草動物會迅速聞到附近食肉動物的氣味一樣，一遇到心術不正、攻擊性強的人，超高的敏感警覺性，令我們預見到未來的麻煩，可以第一時間閃離，省得將來更難受，「君子不立危牆之下」。

其次不招人煩。與人相處，在友好的氛圍下，永遠有清晰的邊界感，不會提過分的要求，令對方難做。有共情能力，體貼地覺察別人的情緒而提供幫助。因為和我們相處不累，所以朋友們會喜歡我們，有好事也願意想著你、帶著你玩。

第三，因為圓融與謙讓，聰明人會看到你的聰明，厚道人會看到你的厚道，而與你有著相同成長背景的人，會第一時間把你從人群中分離出來，就像吸血鬼會天然辨認同類一樣，與你心照不宣結為不離不棄的同盟知己。即便旁人想存心挑撥也很難瓦解，因為他們根本不懂我們這種人之間的惺惺相惜：「於千萬人之中見到你，原來你也在這裡」的喜極而泣，和生活中枝微末節上的心有靈犀。

追根究柢，做乖孩子還是有很多福利的，凡事都有兩面性。我們要做的，就是在餘生裡不斷進階，有意識地讓自己更開放、更大膽，因為只有明確說出自己的訴求，才能被別人聽到看到並記住。

父母、老師、社會教我們的東西，本質上是讓我們成為一個更好的社會化的人，當這一切成型以後，我們要做自己的老師，及時發現自己內心的不舒服，追溯成因，分析來路，找到問題癥結所在，然後，自己開始矯正和療癒，成為一個更好、更強、更幸福和更自由的人，再「生」自己一次。

我現在越來越欣賞那些直接的朋友，比如朋友Y，她問我新書出來了嗎？我說：「嗯，本來是想等正式上架以後順便請大家聚個會吃個飯的，你要是急著想要樣書我先拿給你一本。」沒想到她直接回我說：「那我還是等著吧，怕拿了樣書你就不請我吃飯了！」逗得我笑了很久。

另一個朋友七七，她有個同事想請我去演講，我還沒說話，她馬上問：「你給我們百合多少授課費？告訴你我是她的經紀人。」

我心想這都是江湖兒女的作風啊，怪不得人家能馳騁江湖，那麼有出息。

前兩天，約兩個朋友吃飯，我還沒到的時候，收到其中一個傳訊息給我：「吃辣的嗎？」以往，我會下意識地回：「可以，我吃什麼都行。」但是那一次，我竟然很直接地回：「不吃，喉嚨痛，發炎。」

天哪，知道嗎？這一句話七個字，是我固化思維的一次「破壁」。那天路上塞車，等到了飯店後，我發現他們很貼心地給我點了一盅梨湯。

我用湯匙舀，抿了小小一口，很潤很甜，喉嚨也變得很舒服，嗯，是的，這是人世對我開始變不乖後的甜蜜獎勵。

你要學著自私一點

我拖著一個大行李箱進了捷運，怕擋到門，往裡面走去。一個穿著整齊乾淨的中年男人，側身讓出通道給我，我連忙道謝，他向我微笑致意。

我注意到，他的手裡還提了一個塑膠袋，袋身上印著字：海軍醫院。裡面裝著的應該是X光片。

他可能剛從醫院出來，剛替什麼人看完病。他一手抓著吊環，微微地閉起了眼睛。

就在這時，車門附近的一個邋遢女人向他走過來，畏畏縮縮用手裡的花雨傘輕輕拍他手臂，好像是有什麼話要和他說。

但是那男人就是閉著眼睛不理不睬，腰桿挺直，表情冷漠，眉梢嘴角都寫著嫌棄鄙夷。

女人嘟囔了句髒話，尷尬走回去，一把抱著捷運豎桿頹然靠上去，眼裡瞬間糊上了

眼淚，表情悲憤，委屈、窩囊又無可奈何。這時候忽然看到，她的脖子中間貼著紗布，看樣子是剛做完手術，甲狀腺。

這應該是一對夫妻，妻子做完手術剛出院，丈夫對她很不耐煩。

我不知道他們之前發生了什麼，明知道輕易斷言「這男的過分了」太過武斷，但我心裡還是站女方。因為，作為同性，最看不得人們對女子高高在上的嘴臉，尤其是對一個術後尚未痊愈的女人。

這是一個無助的妻子。她穿著落伍，面容憔悴，站在她光鮮的丈夫兩公尺外，像一幅褪色的年畫，非常不般配。

下車以後我難過了很久。我看到了一個經濟不獨立的女人的生活困境。

她的穿著、樣貌和氣質，無一不在展示著一件事：不管在物質上，還是精神上，她長年累月地被虧待。

這是我們生活中常見到的一類婦人。也許她性情溫順，也許小家子氣，也許隱忍也許嘮叨，品味不好，不懂享受。但她勤儉持家，含辛茹苦，捨不得吃捨不得穿，更不懂保養，她覺得自己配不上更好的生活，情願把最好的留給老公和孩子，把自己吃苦視作理所應當。

最後，她生了病不能不治，別人幫她治可是沒好臉色。她明知道生病不是自己的錯，但仍然理虧又委屈。最後，變成苦兮兮的死樣子，惹別人厭煩，自己也覺得自己多餘。

真悲慘。

不管怎麼說，女人還是要盡量自己賺點錢。這樣花錢給自己投資，養生、美容、買新衣、看病的時候，不會有太多負罪感：老娘自己賺著錢呢，哪個敢說不應該？

其次，留多一半愛自己，少一半愛別人，中年以後把自己的身體當作頭等大事來照顧，一來為了延年益壽，二來為了不給別人添麻煩加負擔。

《延禧攻略》裡，皇后對宮女說魏瓔珞壞話，說她「誰都不愛，只愛自己，愛得如珠如寶」，多少年過去了，人家的眼睛還黑白分明，反觀自己的眼球卻布滿血絲，青絲變白髮，皺紋爬上臉，越想越替自己感到不值。

宮女說魏瓔珞那叫自私。

可是，你知道嗎？自私也是一種天賦，如果先天稟賦不足，要懂得後天培養。

該放鬆就放鬆，凡事一肩扛，累壞了沒人管。

該養生，沒病防病。

定期去體檢，有小毛病了就小修，別存成大問題。

最後，退一步，如果經濟上不獨立，但人格上要彪悍啊！這個彪悍就是理直氣壯，必須讓家庭其他成員意識到：我雖然不直接賺錢，但家事也是工作，我理應得到和你們一樣的待遇，至少不能差太多。

空間都是靠爭取來的，「人善被人欺」這句話，放在兩性關係裡也一樣適用。有時候想呢，與其做個隱忍無私的怨婦，還真不如做個凶悍自私的潑婦痛快。

我們從小都被父母師長教育不能自私，其實深層原因是：一個人如果太自私的話，會沒朋友，社會融入度不好，極可能會不吃小虧吃大虧——本質上還是從利己角度出發的。當我們明白這個道理，就不會誤把利他和無私當成美德，無節制地實行。否則的話，不僅在兩性關係中，在其他關係中也會被理所應當地壓榨。

一個捷運上遇到的陌生女人，讓我發了這麼多感慨。生活不簡單啊，且活且自私。

口舌上爭高下這件事，成年人早該戒了

前兩天在一場《紅樓夢》講座上，講到荷葉湯時，順口提了一下湯裡煮的小麵食是用銀模子印出來的，有個讀者姐姐打斷我，說：「妳記錯了，印麵點的不是銀模子是金模子。」

我明明記得是銀模子沒錯啊。

我愣了一下，用商榷的口吻說：「銀的吧？」

但她肯定地說：「金的金的。」

我只好笑：「啊？難道我們看的版本不同嗎？」

她說：「不是不是，就是金的。」

先不說我對文本的記憶不會錯，單從直覺上想，賈府也不會用黃金做廚具，鐘鳴鼎食之家赫赫揚揚已近百載，早都過了炫富的初級階段，他們是貴族，不是暴發戶，他家沙發上的靠枕都是半舊的。從實用角度，沉重的金器，廚師用起來該多不方便啊！

但萬一，真的是版本有異呢？

我沒有在這件事上糾纏，說：「好吧，等我回頭查一下。」繼續接下來的話題了。

講座結束後，我和這位性格爽朗的姐姐相談甚歡，於是兩人決定拿出原著查證一下荷葉湯模具到底是哪種金屬材料製成的。翻開書一看，銀的。那一回的回目叫「白玉釧親嘗蓮葉羹，黃金鶯巧結梅花絡」，她大概是被題目裡的「黃金」二字誤導了。我們哈哈一笑過去了。

問題弄清楚就好，不需要太得意。我早過了和人爭辯的年紀。

我的一個女朋友說：成年人誰還爭論啊？

深以為然。

和他人觀點有分歧時，有證據就拿證據，別只靠一張嘴，事實勝於雄辯。

類似荷葉湯模具的爭論還好解決，因為有證可循。其實有更多的分歧，沒辦法證偽也沒辦法證明，原本沒有對錯之爭，只是人與人看待問題的觀點不同而已。

我們需要堅持自己的觀點，也尊重不同的聲音。

最高級的分歧，就是和而不同。

有的人就是要在爭辯中贏。一定要在語言上壓人一頭，既沒風度，也暴露了自己的不成熟。你怎麼就那麼肯定自己一定是對的呢？也許用不了多久，就會被啪啪打臉，有點理性的人都會存幾分審慎與自省。

我曾經在文章裡說：「如果你不同意我的觀點，我就誓死保護我不說話的權利。」相比較而言，如果我的觀點有可操作性，我更願意把時間和力氣用在「努力實現它」這件事情上，尤其是當別人對我說「你不懂」或「你不行」的時候。

真的，那些傷人的話，就像在我體內不起眼的軟組織部位埋了一根刺，在彎腰或屈伸的瞬間冷不丁地疼痛，讓我日夜不寧。

我以為自己忘了，其實並沒有。

所以我常常告誡自己：「惡語傷人六月寒。」人要修口德。對自己親近的人尤其不要，因為即使對方說沒事沒事，但表面上再和順，也會種下芥蒂。口善的人心重。正因為他們領教過語言的破壞和摧毀性，才「己所不欲勿施於人」。更不要狗眼看人低，別忘了三十年河東三十年河西，誰都有可能是潛力股。

我迄今記得有位前輩用嗤之以鼻的態度批評我「心太高，累到自己。」，我趁他打電話的時候走了出去。

那天我在臉書寫下了這樣一段話：

我說：我不想吃雞肋了，我打算自己養隻雞吃雞腿。

他們說：你別不知足了，你以為雞是那麼好養的嗎？就憑你還想吃雞腿？有點自知之明吧！

我想我的首要任務是買個蛋，什麼也別說，先孵二十一天再看看。

時至今日，我的一個個小夢想在逐一實現，推動力有一部分就來自那些語言的負能量。

在你沒辦法用語言證明自己是對的的時候，用實際行動去證明吧！只有當你做到了，才能證明他們錯了。

看綜藝《我們是真正的朋友》，大小S處處要壓阿雅一頭，動不動就要損阿雅一通，大S甚至說出了「我們四個人裡，你最不高級」這麼欺負人的話，換誰都會不舒服吧，但阿雅依然好脾氣地笑笑。這麼多年，她已經習慣了被她們針對。

然而阿雅並不是弱者。

用十年的時間，完成了自己優秀製片人的夢想，主持的新綜藝節目《奇遇人生》橫空出世，掌聲一片。今非昔比，她不再是曾經那個需要嘩眾取寵搶眼球的諧星，不再是那個因為沒有給大S買到包子而緊張到要死的小跟班，不再是那個亦步亦趨跟在她們後面蹭資源和流量的可憐蟲。

阿雅今日的成就，早已不在徐氏姐妹之下，但在她們面前，她依然很「低」，這是長期的相處模式造成的，但未必沒有不忘本的厚道，和為人處世的智慧。

這樣的女生，表面上退縮忍讓，但是骨子裡分明又有一種強大的力量，那是一種暗處使勁，攥緊拳頭對自己說「你還不夠好，所以仍要努力」的強韌。

阿雅，才是真正的狠角色。

最有姿態的回擊是，讓出逞一時之快的口舌上風，用實力團滅他們就好。

這樣的方式註定會很痛苦，因為所有的力量都隱而不發地向內走，表面上卻還要裝作歲月靜好。

但人生不過是倏忽之間的事，精力總要用在值得的地方。

面對小S無處不在的「挑釁」，阿雅無奈地笑著對小S說：「你什麼都要比，比比比比比。」潛臺詞是：幼稚！

真的很奇怪，當你弱的時候，你不太敢和對方爭；但當你真正強的時候，你又會懶得跟他們爭。

「是以不爭故天下莫能與之爭」，畢竟，如果輸了人生，就算贏了爭論又如何？

要爭就爭氣。

怎麼和火氣大的中年女人打交道？

中國有一則重慶公車墜江事件的新聞，一輛公車與轎車相撞後衝破護欄墜江，造成十三人死亡，兩人失聯。

還原車內監視器，影片將墜江原因大白天下：是四十八歲的女乘客和四十二歲的男司機互毆造成的。起因是女乘客坐過站，要求司機停車，司機拒絕。兩人發生爭吵，女乘客激動之下用手機擊打司機頭部，司機騰出一隻手來還擊，三秒之內公車脫離了原有線路，衝到了馬路對面……

十五條鮮活的生命瞬間被江水吞沒，其中包括公車司機。而那位打人女乘客也沒能生還，假如她能生還，等待她的將是法律制裁與道德審判。當然那個和她互毆的司機也有不可推卸的責任。

網友有一條評論很毒辣：

這個年齡層的女人脾氣火爆，品格也沒多好，喜歡以自我為中心，見識也少，所以千萬別惹。

我把這句話理解為：「這個年齡層女人裡，火爆脾氣的比例更多。」我沒有相關調查資料做支撐，只能就個人在生活中的所見所聞為經驗，來發表一下自己的觀點：在公共場所，這個年齡層的女性發火機率的確要高一點。

一樣的事情，換個年輕女生可能就不會有這麼大的反應。

有一次坐公車，車到了站，司機問了一下有沒有人要下車，離門口有一段距離的一個年輕女孩子，說「我要下」，但她聲音太小了，司機沒聽到，就直接開走了。女生也不急，隔著擁擠的人群，耐心對著司機的方向，輕聲細語一聲又一聲地說著「下車」，清喉嫩嗓嬌滴滴，但音量還是太低。多虧前面一個男生紳士救美，對司機大喝一聲：「有人要下車。」司機才停了車，秀氣文弱的女生對那位替她喊停的男生道謝，下車了。

如果司機一直沒聽到往前開，大概她會乖乖等到下一站。

我在客運上也遇到一件類似的事：一個女孩坐過站，當時天已經黑了。她抱怨司機沒有及時提醒她，司機卻說她上車的時候沒說下車地點，自己不可能知道。全車的人似乎都預感到他們要吵一架了，但女孩只是嘟著嘴用可愛地嘟囔了兩句：「我明明說了的，這下怎麼辦才好。」就乖乖坐下，打電話給家裡說明情況。車繼續前行，到了一個休息站停了下來，司機對女孩說：「我現在告訴妳一個車牌號碼，還有電話號碼，等等還有一輛車要過來，妳可以再坐回去。」一樁本來可能要大吵大鬧的事情就這麼平靜解決了。

有時候，溫和友善勝過激烈狂暴。

大街上偶爾會有腳踏車輕微相撞、沒有大礙的事件發生，我觀察過非常有趣的現象：兩個年輕男女相撞，男生道歉，女生嗔怒，最後兩個人多半會友好地道別，甚至互留電話或其他聯絡方式；如果是兩個中年男女相撞，那就熱鬧了，兩個人大概會怒目相向，唾沫四濺地理論一番，引來圍觀。

社會中的一些人和很多中老年女性，彼此不會溫柔相待。憐香惜玉這個詞跟她們完全絕緣，她們也只好擺出一副粗魯凶狠的樣子來跟世界兵戈相見。

惡性循環之下，不知道是誰先對不起誰，就像不知道先有雞還是先有蛋一樣，這個問題根本無解。

我今天想探討的是，為了自己的安全起見，怎樣別像這位司機大哥一樣，點燃她們心中的炸藥。

先不論對錯，我們要講的是如何自保。

生活重壓在身，生理也在走著下坡路的中老年女性，爆點低，很容易爆炸。

就拿重慶公車事件裡的女乘客來說，她沒辦法和前文說過的女孩們一樣淡定，很可能家裡有一地雞毛等著她去收拾，她被多年來瑣碎疲憊的生活磨損了最後一點耐心，生出了怨氣和戾氣，成了易燃易爆體質。

當大庭廣眾之下她們向你咆哮，你即便有理，也千萬別跟她們比誰的嗓門更大，比誰跳得更高。跟一個失去理智的人硬講理，只能把自己和她們逼到一個戰壕自相殘殺。

講我自己曾經在公車上遇到的事。

那次我好端端地在靠走道的座位上坐著，忽然來了一位年齡介於大姐和阿姨之間的女性，她往我前面一站，半條腿插到我腿前面，大屁股幾乎貼著我的臉，公車上人並不多，我就提醒她往旁邊站一點。

如果正常人，會意識到自己的失禮，說一聲「不好意思」就讓開。結果，她對著我咆哮：「坐公車就是這樣，本來就要擠啊。妳讓我去哪？」一車的人都扭頭看向我們，我連忙息事寧人地說：「好好好，妳說得對，妳說得對。」結果她更鬧：「嫌擠妳去搭計程車啊，就不用受這種委屈啦！」

一剎那，我站起來，對她說：「這樣吧，我站起來，您坐下。」

我這樣一說，她口氣立即緩和下來，有點不好意思地帶著點笑：「我不坐，我不坐。」

車一停她馬上飛快地跳了下去，她提前下車了。問我怎麼知道的？我後來又在這趟車上遇到過她很多次，她下車上車的地點都在後一站。

很明顯，她意識到了自己的失態，羞恥心讓她覺得沒臉在車上待下去了。後來每次看到我，她的臉上都會浮出一絲羞赧。

我能厚顏無恥地說：我這也算教化了一個人嗎？

還有一次，是我在醫院上班的時候，接到一個女性的投訴電話，說自己的繳費收據錢不對，我告訴她我可以幫她查一下。她要我馬上給她個說法，我解釋說沒有那麼快，她就在電話裡大罵我，我沒辦法把電話放到一邊，過了半個小時一聽，她還在罵，我看看時間該下班了，腦子不知哪根筋錯了，就把電話掛了。結果捅了馬蜂窩。

第二天一大早，她鬧到院長辦公室來了。院長很嚴肅地把我叫到辦公室時，她正氣勢洶洶地坐在那裡興師問罪，不問卡錢怎麼不對了，重點變成了為什麼要掛她電話。我靈機一動，沒有道歉，只是上去，親密地摟住了她肩膀往外走：「走，幫妳查一下妳收據上的數字是怎麼回事。」我明顯感覺到，她僵硬的身體立即變得柔軟了，隨之，她噗哧一聲笑成了花。

院長後來對我說：「這一看就是更年期女性，體內激素不穩造成的情緒失控。」我很後悔，我掛電話，極有可能讓她昨晚一夜都沒睡好。

她那天離開時，對我說：「我五十歲了，知道自己是更年期，脾氣上來控制不了，你別介意，我們倆也算不打不相識了！」就笑嘻嘻地走了。

這些情緒化的人啊，所要的不過是世界給予一點點溫柔和耐心，別讓她們覺得自己被嫌棄和被欺負，生出被迫害和敵對的妄想。

我不是美化她們，也不是婦人之仁，而是想告訴你，在每一個暴跳如雷的表象之下，可能深藏著一個受傷的靈魂，你不要輕易去招惹。這個靈魂具有巨大的負能量，一剎那會讓人魔鬼附體，做出過激的、後果不堪設想的舉動。

所以，就像我在其他文章裡曾刻薄地說的：「對婆子們，識時務者都懂得敬而遠之避其鋒芒，如果躲不開，牢記五個字：溫良恭儉讓。聰明人不惹老女人。」這也算是給自己警醒，因為我也在一天天變老，別讓自己有一天變成自己曾經討厭的樣子。

這不是怕，而是讓三分心平氣和，退一步海闊天空，別忘了，你媽在等你回家吃飯。

我們跟三毛一樣傻：萬一他是真的呢？

秋日我和朋友相約在一處名勝。

她遠遠地走過來，手裡拿了兩盒茶葉，一見面就秀給我看：「我剛買的。」

「啊？」我啞然失笑，「在觀光區買茶葉，妳真有創意。」

一問價錢：一百塊一盒。

見我抿著嘴笑，她連忙解釋：「你不知道，有個老太太，年齡大概有七十多了，提著一大包茶葉，一個個向人兜售，都沒有人理她，樣子好可憐。我知道這茶葉肯定不好，但是我實在心軟，就買了兩盒，算是幫幫她。周圍人看我的眼神就像看傻子一樣。」

嗯，這種心情我懂的。

因為，這種事我也做過。

每年的十二月、一月是草莓季，我每天下班後都要買一兩斤新鮮草莓回去，洗乾淨，去蒂切片，拌白糖吃。

猶記得有一次在路邊買草莓，緊鄰著草莓攤的是個爛蘋果攤。草莓的黃金季便是蘋果的尷尬季，新蘋果沒下來，舊蘋果味道口感開始跌入谷底，甚至開始腐爛。

小販不得已把蘋果腐壞部分用小刀挖掉，賤賣、半買半送，但還是無人問津。攤主就坐在一大堆削挖得形狀千奇百怪的蘋果堆裡，垂頭喪氣地看著隔壁草莓攤位上的好生意。

我走過去說：秤點蘋果。

他受寵若驚又慚愧地跳起來，問：「要多少？」

那天，回家的路上，我接受了一路「注目禮」。迎面走來的人看到我都會一愣。落在他們眼裡的，是一個穿著還算體面的女生，手裡提了一大袋子奇形怪狀的爛蘋果，在人流裡走得意氣風發。

我看上去不像一個吃不起進口蘋果的人，所以那些目光複雜。

無他，我們都是想幫幫人而已。

少女時代，看過三毛一篇文章叫〈溫柔的夜〉。

她寫她在一個港口被一個流浪漢一路糾纏，就是想向她討兩百塊錢買船票，可是船票錢明明是五百元一張。她十分厭惡，覺得這個人是騙子，甚至暗自生氣：「我的臉上寫了什麼記號，會使得這些陌生人，要拿我來試試他們的運氣。」

就算那個人喃喃不休地講自己被騙後滯留此地的遭遇，三毛還是認定對方是騙子，最後一次拒絕後，看著對方絕望崩潰的表情，她動了惻隱之心：「兩百塊錢只是一杯汽水，一個牛肉餅的價錢，只是一雙襪子，一管口紅的價錢，而我，卻在這區區的數目上堅持自己美名『原則』的東西，不肯對一個可憐人伸出援手。」

她問自己：「萬一，那個流浪的人說的都是真話，而我眼看他咫尺天涯地流落在這裡，不肯幫他渡過海去，我的良知會平安嗎？」

她下定決心，向那個人走過去，放了五百塊在他的手心：「去給自己買點東西吃，下次乞討的時候，記住，船票是五百一張，不是兩百。」

那個可憐的人喊起來：「我還有三百在身上啊！你看啊！」

在船要開動的最後一秒，三毛看到那個流浪漢揮著一張船票，欣喜若狂地追過去。

她萬分自責：「老天爺，我怎麼折磨了真正需要幫助的靈魂？」結尾是這樣寫的：「夜，像一張毯子，溫柔地向我覆蓋上來。」那一刻，她終於得以心安。

記得第一次看這篇文章的時候，是在初夏時分的晚自習中。教室裡燈光亮堂堂，雪白的牆壁三面窗大開著，玻璃擦得亮閃閃，那天剛大掃除完，空氣裡有特有的大地的味道，窗外有什麼花朵的香氣飄進來，四周是嗡嗡嗡的說話聲。

我一口氣看完那篇文章時，正好下課了。茫茫然抬起頭來，覺得身邊的人都離我好遠，不知今夕何夕，只覺心中漲得滿滿的，各種情緒交織在一起。

那晚，我在日記裡鄭重寫下：要幫助人，不要怕被騙。萬一，他是真的呢？

曾經在路邊看到一個神情落魄的年輕男子，他面前的地上，用粉筆寫著：要一塊錢，打公用電話給家裡。我停下腳步，問他怎麼回事。他說他是外地人，被同學騙進詐騙集團據點，三天前好不容易逃出來的。

我問他：「那你這兩天晚上住哪兒呢？」

他說：「夏天了，可以去火車站前廣場上睡。」

我想想也對，住不是什麼問題。便說：「我給你五十塊吧，你打完電話還可以買點東西吃。」

路邊服裝店門口坐著女老闆，她不以為然地說：「每天這裡這種人可多了，我一開始還給，後來發現大部分人都是騙子！」

走過去很久，眼前還浮現著老闆娘看我的眼神，就像看傻子，讓我自尊心很受傷害，幾天過去了還耿耿於懷。講給一個朋友聽，她安慰我說：「一個有手有腳的年輕人，因為區區一塊錢騙人，到底想要什麼？不太像是騙子，真的是走投無路了。」

朋友又說：「別想這麼多了，萬一是真的呢？」

是啊，萬一是真的呢？

其實，我們在意的，根本不是那一點無損於生活品質的小錢，而是別人投來的異樣目光，除了怕被人欺騙愚弄外，誰願意讓人看成「自我感覺良好，但卻智商堪憂」的傻子呢？這才是真正的心理成本所在，甚至，聰穎如三毛都不能免俗。

去年，我的網站後臺接到一個求助資訊，有粉絲說自己的外甥女得了急性脊髓炎，希望我能在網站上幫她募捐。我當時有顧慮，因為類似的詐騙是，層出不窮，又是以我的名義，我必須慎重。

可是看她的樣子像是真的。

我對她說，我不能發公在網站，不如我在臉書裡幫你籌款吧！

幾個月後，她向我感謝，並發來一段影片：「這是我妹妹孩子的現狀，病情得到控制，目前正在恢復中。」

影片裡的孩子留著小平頭，大概是用激素的原因，臉還浮腫著，顫顫巍巍對著鏡頭艱難地挪出了一步，她嗓音渾濁地問幫她錄影的媽媽：「媽媽，我是不是越來越好了？」

我看了影片，除了說「真好」，就詞窮了。

加油啊，堅強的好孩子！

今年兒童節，她又發來影片：「時隔一年了，孩子雖然還不能自由地走大步和奔跑，但已能自娛自樂地在家慶祝六兒童節了！」影片裡，孩子和去年判若兩人，她長高了，看起來更健康，頭髮長長，盤在腦後，是一個靈動的小女孩，她滿臉陽光，在有節律地踏步擺動身體，靈活了很多。

那一天，我由衷地開心，影片看了一遍又一遍，看一遍笑一次。

其實並沒有為人家做多少，籌的金額也非常有限。但是，正是那每一個微小的「我」集結起來，給這家人一點助力，更給了他們黑暗中的一點微光和信心。那種快樂是一毛不拔、袖手旁觀的人們永遠體會不到的。

所以，在舉手之勞就能助人這件事上，不需要太多理性和思辨，更不需要太過精明與計較，憑著本能行事，以心安為標準來衡量做還是不做就好，其他的索性不去想，「但行好事，不問前程」。

人的細膩心軟，會容易讓我們「做傻事」，成為別人眼中的「傻子」。其實我們這些「傻子」吧，哪一個不是心存僥倖的明知故犯：「萬一，這個需要幫助的人是真的呢？」換個角度看，這些被幫助者何嘗不是引渡我們的人，是他們教會我們看清自己人性中的複雜陰暗，引我們走向更廣闊光明、感恩美好的所在。

就像那位買茶葉的朋友，她平日信佛，對我說：「凡是向我們求助的陌生人，極有可能是我們前世欠過人家的債。」聖經上也說：施比受有福。

如果是這樣，我願意做一個有債就還、有福就享的人。

那天買的茶葉因為價錢太低廉，她不好意思送我，自己拿回去。作為一個略略喝過一些茶的人，我提醒她說：茶葉好不好，舌根最知道。

她自留一盒，另一盒第二天她拿給了我：「有驚喜哦。」

我沖泡了一杯。看到那些原本不起眼的墨色茶片，沸水沖下去，它們在透明的杯中無聲迴旋、舒展，還原成了它們在枝頭的翠綠，一簇簇沉澱下去，靜靜泊在杯底。端起來抿一口，與那些細嫩的上等茶樹芽相比，它是另外一種味道，不浮不重，香中帶著苦，於我而言恰到好處。徐徐咽下去，舌根生津，口中泛起了甘甜。真好。

有多少人借弱小為名，欺負著我們

有位網站編輯來和我約稿子，把我拉進了她的作者群組裡，還好心私聊發了一篇他們網站上的優秀文章給我，讓我參考。

我一看就笑了，這裡面的許多句子看起來好親切啊，都是從我文章裡挪過去的。

我把對比字句截圖，發到作者群裡，說「這位作者出來聊聊？」

當然不會有回音，只有一個人忍不住說了句：「遇上原創作者，這下尷尬了。」群裡人們都禮貌地保持緘默。

忙的只有編輯們，每個都來私訊我，好聲好氣來道歉，其實也不能全怪他們。即使是編輯，也不可能閱盡天下文章，把所有抄文洗文者一網打盡，「只有千年做賊的，哪有千年防賊的？」他們又不是智慧財產權檢察官。

編輯承諾：「我一定給妳一個答覆。」

結果我等來的答覆是這樣的：「這位作者剛生了寶寶，還在月子，可不可以私下解決？」

類似這樣的事情發生過不止一次。

之前還有一位常年靠抄我文章行走江湖的作者，我對她忍了又忍，她不加收斂愈演愈烈，彷彿找到了一條捷徑。後來，她只要在群裡發一篇新抄的文章，我就在後面緊跟著貼上我的原創，明眼人一看就能看出來這其中端倪。要是一般人，早心虛了，但這位不是一般的堅強，依舊故我。

更奇的是，有人私訊我來說情：「多擔待吧，她離婚了，自己一個人帶著孩子過，挺不容易的。」

意即做這種事也是為生存所迫。

這些都是來打母親牌的，孩子不再是女人的軟肋，而成了女人的鎧甲，彷彿一個女人一旦有了孩子，就天然有了做壞事的權利，可以憑藉母親這個身分減輕罪責。這樣的邏輯讓人苦笑不已。

只想問問這些已經做了母親的人，拿孩子當擋箭牌，妳孩子授權了嗎？

還有一次，抄我文章的是一個高一女生，作者介紹裡說她是一個「天才少女」。好在那家編輯是我朋友，我一說他馬上就核實，事實清楚，沒什麼可說的。但就在怎麼處理時，一向對抄文洗文零容忍的他，卻心軟了。

他說：「我有點下不了手，對方還是個孩子。」

我想了想，說：「嗯，將來可以長成另一個某某某。」

這個某某某也是原文照抄我文章的一個人，被他發現後乾淨俐落地刪文、公開發文指責，並聲明永不再用其稿子。

現在，因為對方是個比他孩子大不了多少的孩子，他動了惻隱之心。

他反問我：「那妳說怎麼辦？」

我說：「正因為還是一個孩子，所以才不能放過。對於那些明知故犯的成年人，因為他們人生的底色已經髒汙，沒必要與之糾纏太多，這些人已經沒救了。可是對於一個一切還未定的未成年人，如果你姑息了，她會怎麼想？沒有得到教訓的她，會不會發現這麼做是一條捷徑，而從此一路跑偏？你不要害人家。」

他說：「我知道怎麼做了！」

我有個記者朋友講過一件事：

之前她對一位被證實抄襲的作者嗤之以鼻，可是，當她去參加過該作者的新書發布會後，看法竟然全部改變。因為她說：「當我看到她本人坐在那裡，除了臉龐姣好，脖子以下全都不能看，整個身體已經變形，讓我覺得，覺得……」表達能力超強的她，竟然找不到適合的詞來形容。

我試探著說：「觸目驚心？」

她一拍桌子，說：「對，就是那個感覺！」

她眼中蓄淚：「但當我看到她真人，就再也對她憎惡不起來，只覺得她已經那麼可憐弱小慘不忍睹，怎麼忍心去揪住人家的錯誤不放？彷彿她做什麼都可以被原諒。」那天，她準備好的尖銳問題一個都沒問出來，反而是買了對方一本書作為支持。

我對人性深處的同情心有了深深的恐懼，因為它會叫人不忍心再分是非。自問如果換作是我，會在眾目睽睽之下拋出讓人難堪的問題嗎？不，我也做不到。雖然我稱不上是同情心氾濫的人，但是我不想讓人覺得我是來砸場子欺負人的。

就像那位洗我文章的新手媽媽，當編輯來說情時，我第一句是：「這是兩回事，親愛的。再說剛生了寶寶，怎麼不給寶寶做個好榜樣呢？」緊接著第二句就是「好了，到此為止。」因為我怕逼得緊，對方產後憂鬱做出什麼事情，也不想讓編輯覺得我是一個得理不饒人的人，覺得我這人不好打交道。再說抄我的人太多，我個個去計較，會累死的。習慣就好。

我不是善良，是沒種。我知道，世界如果越來越壞，我也不無辜。寫作界如今許多亂象，就是在我這種受害者的姑息下，才屢禁不止的。我身旁的朋友常常這樣安慰我：「被人抄，說明妳寫得好。」當這句話在我耳邊響起過一百遍，我會不會不怒反笑，以被人傷害為榮？我這樣拷問我自己。

有多少人正在借弱小之名欺負著我們？

我曾經親眼見過幾個例子：

一位當年對兒媳冷漠無情的婆婆，如今年邁體弱，便擺出一副可憐兮兮的嘴臉，執意要進兒媳的門，讓其贍養。在遭到拒絕後，便發動親朋好友來為她說情，在親戚們的輪番轟炸下，兒媳迫於輿論壓力，不得已接納了她。

一位常年臥病在床的老人，成天對照顧他多年的老伴百般挑剔辱罵，老伴苦不堪言，好多次要丟下他憤而出走，他便大哭：「夫妻本是同林鳥，大難來時各自飛呀！」老伴向人們訴苦時，周圍的人都勸她：「他是病人，你不能和他一般見識。」老伴只好默默咽下苦水。

一位喜歡和人曖昧的同班女同學，把手伸到了閨蜜的身邊，在閨蜜與她憤而決裂後，她哭著來求她：「妳知道嗎？我這麼做，是因為從來沒人追過我。」

在每一滴眼淚後面，都是精確的算計，那些示弱都是表演，是為自己開脫的理由，甚至以退為進的計謀。

我傷害你。你還無法拒絕，這就是奴役。

那些損人利己的人，他們在做的時候，其實自己心裡是清楚的。一旦事發，只要扮弱者便能蒙混過關。

正因為犯錯的成本太小，才敢肆無忌憚。

他們深諳人性弱點，利用別人的同情心將這件事做到了極致，不惜全方位展示自己所有的可憐，手段無所不用其極，到了令人匪夷所思的地步，連喝牛奶沒有吸管都能成為理由。

「我固然有錯，但我有不得已的原因」，而不是「不管什麼原因，我都犯了錯」。

「我這麼可憐，你能不能別跟我計較」，而不是「我可憐，和我犯錯在本質上不能混為一談」。

完全不管自己所謂的困境，其實和做錯事不構成因果關係。

還有一些協力廠商或者是看熱鬧的人，或者被同情心蒙蔽，或者彰顯大度，幫腔淌渾水，慷他人之慨，勸人寬容。

我盡量不勸人寬容，因為我不知道下一次輪到自己的時候，還能不能做到知行合一。

什麼時候，我們才能意識到：對傷害別人的人來講，寬不寬容是別人的自由，寬容是情分，不寬容是本分。

郭德綱說：離那些勸你寬容勸你原諒的人遠點，他們不曾經歷、不曾感受還站在道德的制高點指指點點，離遠點是因為怕雷劈這種人的時候波及自己。

我說不出這麼刻薄又解恨的話，只想說：別搞混了，需要同情的是受傷害的人才對。

不要做幫凶。

第四章　身處塵埃，也要努力開花

老成怎樣才算好看

幾年前，和兩個朋友一起逛街，迎面走來一位老太太，雞皮鶴發顫顫巍巍。

一個見狀說：「妳們能接受自己將來成了這副樣子嗎？反正我不能。」

另一個說：「我也接受不了。」

我說：「有什麼不能接受的？又不是一下子變成那個樣子的，人是一點一點變老的，時間會給妳一個接受的過程。」

如果現在有人問我，我還是這回答。

歲月殘酷，但是歲月也最公平。有人天生有錢有人天生窮，有人天生聰明有人天生笨，有人天生漂亮有人天生醜。哈，可是，在時間面前人人平等，它不會因為你有錢聰明漂亮就會偏袒你一分。大家從生下來每一天都在變老的路上，殊途同歸。

如果有長生不老之術，哪怕花費千萬甚至上億，有錢的人們也會趨之若鶩吧？可惜沒有，太好了！在變老這件事上，有錢人和我們一樣沒轍。他們的細胞和我們一樣每分鐘都在氧化，膠原蛋白也在流失，機能和代謝在成年以後也會漸漸降下來，就算他們有條件做更好的保養，但只是延緩衰老而已，在本質上並不能改變什麼。時間打破了階層，一想到這一點，我就好開心。

不是我陰暗，是因為如果有一天生物技術真的發展到有錢就可以阻斷衰老，這世界將會因為不公平而面臨前所未有的危機甚至傾覆吧？我這可全是為世界和平考慮啊。

所以在變老這件事上，大家就不要做徒勞的掙扎了，順天而行吧，盡量老得好看一點就是了。

那麼，問題來了。

怎樣才能老的好看點呢？

先從大家喜聞樂見的演藝圈說起。提到不老女神，可能會想到劉曉慶和趙雅芝，可是不知道為什麼，大家對後者的認可度更高一點，明明是看上去前者臉上的皮繃得更緊啊，還動不動來個凌空跳躍什麼的。我也一直想不通這個問題，直到有一次無意間看到趙雅芝唱歌。

她唱的是〈千年等一回〉，說實在的，唱的真不怎麼樣，有的地方還跑了調。但是我就是希望那首歌能循環播放，讓她在臺上一直唱下去。美是當然的，重點是她看上去真順眼啊！

沒有金光閃閃的舞臺裝扮，上身是一件草綠色無袖洋裝，下著一條合身長裙，腳蹬一雙淺色繫帶高跟涼鞋。髮型也簡單，披肩的微捲長髮，腦後鬆鬆一個髮夾，束住了鬢邊碎髮。這身裝扮奇就奇在，在舞臺上不覺得她對觀眾怠慢，馬上走下舞臺步入人流也完全無礙，沒有過度扮嫩，也沒有為避嫌而扮老，對自己的認知是有多麼清醒而自信，才會那麼得體、美得恰到好處。

明明尚有柔軟的腰肢，光潔的玉臂，但她沒有扭動曲線玲瓏的身體，去刻意賣弄女性妖燒，只是端莊如明月，站在舞臺中央投入地歌唱。臉上始終掛著淺笑，眼神淡定，沒有患得患失的焦慮與「我這麼美，你們都看我」的欲望，觀之溫柔可親，如沐春風。

誰說女人歲數大了就會貶值呢？此刻就算是一塊小鮮肉站到她面前，也會因自己配不上那樣的優雅高貴而自慚形穢吧？

我瞬間明白了趙雅芝的美，就在於用始終如一的微笑溫柔了歲月，當人生到了後半段，面相遠比長相更重要。現在請各位讀我文章的人，閉上眼睛，想像一下趙雅芝的臉，是不是無一不帶著溫婉的笑？她與歲月握手言歡，相擁著一起往前走，歲月於是格外厚待她，一樣是飛刀，對別人是摧殘對她卻是雕琢。

但趙雅芝不是最美的，我還見過另外比她更老卻更美的臉，那來自奧黛麗赫本(Audrey Hepburn)。老年的奧黛麗赫本骨瘦如柴，皺紋橫生，但她在非洲抱著難民兒童的樣子，卻肅穆如聖母，美得令人仰視窒息。

從前看過一本小說叫《清源寺》，不可一世的芥蘭公主問荊軻：我是不是這世上最美的女人？荊軻說不是，最美的是清源寺裡的慧心女尼。公主不服又好奇，於是專門前去挑釁這位一百歲的美女。她見到的慧心女尼修眉秀目，目光如炬，但已經鬢髮如銀，肌膚枯白。在慧心平心靜氣回答了她的三百個追問後，公主心中戾氣漸消。再看那張貌若觀音的臉，「忽然從中讀出一種經歷過塵劫的枯澹與悲憫，那是一種極其高級的美，那種美足以令一切世俗之美少了元氣與精神，因而顯出衰敗的徵象。」她終於承認，慧心是這個世界上最美的人。

我在心中祈禱：反正人總是要老的，請讓我將來就老成她那個樣子吧。除了優雅得體，仁慈、博愛、睿智、擔當，這些美好的品德我統統都要。最重要的是，明知前路漸少，依然不忘初心，有夢可追。這，才是終極意義上的大美。

身處塵埃，也要努力開花

大年初三去阿姨家拜年，一進院子，不出意外又被她家的門簾吸引了。

和往年過年一樣，阿姨照例做了三條新門簾，用舊衣服剪成的碎布鑲拼縫製而成，也算變廢為寶。舊褲子剪了做寬邊，舊上衣則變成了怒放的向日葵、飽滿的水果、五顏六色的野花，散發著舒適的自然氣息。

更妙的是：明明是純手工，竟像電腦製作一般，構圖嚴謹均勻，線條橫平豎直，盯久了有些暈眩，恍惚間有如立體圖，立體感壓面而來。她告訴我，這樣一條門簾她需要做三天。

我忍不住拍了張照片發在臉書，短短幾分鐘，下面就多了近三十條按讚或留言，同

學居然說這手藝能賺外快。我又順手往朋友的群組一發，馬上就被誇這布藝「文藝氣息太濃」，連群主陶妍妍都問：「妳阿姨是藝術家嗎？」

我回答：不，我阿姨就是個家庭主婦，根本不知「文藝氣質」為何物。

朋友卻一再要求我寫一寫阿姨，「你阿姨太有亮點了！在鄉下的自然環境中，也能以一雙巧手，開出最絢爛的花朵。阿姨雖然只是個家庭婦女，但同樣有自己卓越的審美觀啊。」

嗯，提到審美，不得不承認，阿姨身上可拿來說的太多。

有一次阿姨來我家，我媽算是注重乾淨的人了，但仍被阿姨挑剔了一下，原因是她嫌棄我媽廁所裡用鐵筒接水：「你應該用塑膠桶接，鐵桶接水的聲音太難聽了。」根本就是處女座，還譏諷我媽說她在不該講究的地方講究。

我媽也不甘示弱：「妳才是！妳看看妳家的廁所，方圓十里就妳一個人把廁所建成那樣兒！」

說到阿姨家的廁所，那真的很特別。鄉下最令人詬病的就屬廁所，但她別出心裁：在院子外蓋一所寬敞的帶頂紅磚房，安了鐵門裝了碰鎖，掛著潔白的半截門簾，裡面裝了聲控燈和紙。在那偏僻落後的地方，她這個紅色廁所孤零零地站在土堆上，就像一個異類，標榜著自己的與眾不同。

但阿姨向來就是我行我素，做什麼都要有模有樣，不懼人言。出去買菜，鄰家婦女總會圖便宜成堆賣的爛番茄，阿姨從來不，她買的番茄總是又紅又大。她說：「吃一個，是一個。」事實上，成堆買回來的番茄總是吃一半丟一半，白白壞了做飯和吃飯人的心情不說，還造成更多浪費。

她穿衣服永遠大方整潔，不露一絲邋遢相。表妹們小時候穿的衣服是她做的，款式新穎別致，上面繡的花、鳥靈氣逼人，誰見了都讚嘆。

阿姨的小院子，被她整理得像天天過年，院子裡的水泥地平平展展，掃得纖塵不染；家裡的牆刷得雪白，傢俱擦拭得光可鑑人，連喝水的杯子都洗得亮晶晶的。

誰說鄉下人就一定簡單粗糙？阿姨就不是。

每年春節，大家必都心照不宣地去阿姨家吃頓飯。阿姨做不出什麼大菜，也沒有大魚大肉，都是些普通的家常菜，但她就是能做得既可口又順眼。顏色鮮亮，刀工精細，味道鹹淡適中，分量適宜盛在素素淨淨的盤子裡，雖簡簡單單，卻沒有半點怠慢之感，看得見做飯之人一以貫之的用心。每一次，我們都是「光速掃除」，比起大年節下家家戶戶的油膩葷腥，這種清新爽口更得我們歡心。

今年過年，阿姨除了做了新門簾，又把家裡粉刷了一遍外，還幫家裡的每一個凳子椅子都做了「新衣」！不管高的低的，大的小的，方的圓的，三條腿還是四條腿的，全部做了座套，毛線織就、布藝拼接，一視同仁每張都有份。

都是舊毛線碎布頭的邊角料，沒辦法統一顏色，就像絕找不到完全相同的兩片樹葉一樣，她家的座套上找不到兩朵完全相同的花。但因如此，色彩紛呈喜氣洋洋，把整個窯洞裡都襯得喜氣明媚。

我開玩笑地對阿姨說：「我朋友看上你的手藝了，想訂購呢！」阿姨聽了，忙道：「呀，人家真的要，我就得買點新布料才能拿得出手。」

越是寫自家人，我越詞拙，輕描淡寫怕寫不到位，濃墨重彩又怪不好意思，唯恐言過其實。但有一點是真真切切的，那就是每年我去拜會阿姨一次，就像受一次心靈洗禮，在歸途中要反省半天。

我的阿姨，沒受過什麼高等教育，講不出什麼大道理，物質環境也相對貧乏，但同樣對生活品質有要求。她過日子不潦草、不敷衍，盡心盡力為自己營造一個整潔美好的家。那不經意間流露出的老派風骨，令人驚豔又肅然起敬。

身邊很多人，常在社群媒體上自勵「要活出一點儀式感」，卻常常懶癌發作。而在寂寞的鄉下村莊裡，我的阿姨早已先行一步抵達。那些整齊的柴火堆、亮閃閃的餐具水杯、她手下毫無雷同的爛漫花朵，無一不在詮釋著「認真生活」四個字。

也許真正的上等生活，根本不在於你擁有多少，而在於你對待它的態度和方式。最好的生活應該是一種物盡其用的精緻牢靠，讓人有底氣和耐心與世界溫柔相待。

看到我發的一張張圖片，朋友還說：「阿姨的巧手撐起一個家，阿姨的內心能開出花。」那麼親愛的你們，在結尾請允許我也文青一下：時刻提醒自己，就算生活把你壓向塵埃深處，你也依舊要努力開出自己的花。

從此我不再那麼羨慕遠方

我走到樓下丟垃圾，手裡拎一個紙箱。花壇旁邊坐著一個老婆婆，她對著對面一樓耐心地一遍遍喊著「阿姨，阿姨」，一邊用拐杖指向我手裡的箱子。我隨即明白過來，把垃圾丟進垃圾桶，紙箱子留在地上，等那位沒露面的阿姨來取。

走出社區沒幾步，對面有一棵高大的夾竹桃，粉紅花朵盛放，綠葉冠蓋如雲，路過時我總擔心被碩大的落花砸到頭。

當朋友問我對新居住的城市有什麼感覺時，不知道為什麼，我腦海裡最先浮出的竟然是這兩個畫面。

魯迅說「人類的悲歡並不相通」，但是卻如此相似。

那些建築地標，那些豪華的商場，那些美輪美奐的博物館，那些洋溢著人文情懷的名人故居，並不是我的日常生活，我只是匆匆一瞥的過客，在心裡蓋上了一個「到此一遊」的戳。而我每天過手過眼的最瑣碎平常的細節，才構成了我生活的全部。

所以，我對朋友說：無非就是吃的用的有點差異，但本質在哪兒都一樣，都是生活在此時此處而已，吃好睡好，和身邊的人相處好，讓自己舒服舒心一點，才是生活的要義。

朋友又興致勃勃地約我去幾個其他城市走走看看，我說：來日方長，不急。

不知什麼時候起，遠方對我已經減退了從前的魔力。不是失去興趣，而是更願意以一顆平常心待之。

我知道我腳下所站的這一塊土地，也是別人的遠方呢。

有一年去內蒙古，我一個人搭上了從準噶爾去往呼和浩特的大巴士。車在高速公路上飛馳，我把頭扭向車窗外，被道路兩旁的美景震懾。

藍天下，是一望無際的田野，被蓬勃茂盛的莊稼分割成一大塊一大塊，深深淺淺，黃黃綠綠，整整齊齊，界線清楚，一塊接著一塊延展向天邊的地平線。車一路前行，田野一路伴行，好像沒有盡頭，但卻怎麼看都看不膩。

那一路，我沒做別的，就是拿著手機一直拍啊拍，拍到手機沒電。

我從來沒有見過那麼壯觀的田野，直認是塞外獨有。

又有一次去山西的親戚家，我不經意間瞟了一眼窗外，愕然覺得眼前的景色那麼熟悉，和記憶裡在內蒙古看到的田野完全重疊，一點都不遜色。也是遼闊無垠，也是界線分割清楚，也是被一樣的莊稼濃墨重彩上了色一我貪婪地趴在車窗上，心裡暗自詫異，這條路線不知來來回回走了多少回，自己怎麼從來沒有注意到路旁的風景？是了，我都是忙著趕路，根本沒有興致去欣賞。

王陽明說過：「不看此花時，此花與汝同歸於寂。」只有你看的時候，那些美景才存在。

近在咫尺的美景一直都在，只是我從未留意。

這樣的事情發生過不止一次。

我曾經在西藏連綿不迭的山脈裡遊走，驚嘆於天怎麼那麼藍，雲怎麼那麼白，空氣怎麼那麼新鮮，能見度怎麼那麼好。回來後沒多久我開車出去玩，剛上高速公路我就看到遠處的青山，在鮮亮的藍天對比下，連綿起伏的輪廓清晰可見，幾縷白雲輕柔地挽在山頸，空氣中滿滿青草香。原來，他們有的，我們自己也都有。

我曾經在登日本富士山的中途，專程在五合目下車登上觀景臺，這是一個著名的景點，可以近距離觀看雲海，在翻湧的濤走雲飛面前嘖嘖讚嘆，覺得不虛此行。可是在回家途中，疾馳的車窗外卻上演了一場聲勢浩大的雲彩秀，

翻捲而來的雲海將遠山吞沒又推出，遠觀如神仙騰雲駕霧的仙境，絲毫不亞於之前在日本看到的雲海。

我一次次捨近求遠去尋找美景，又一次次被身邊美景打臉。那天，面對漫天的雲，我發現我把太多的希望寄託在了去遠方這件事上，卻忽略了自己當下生活中的美，是本

末倒置。

旅行的意義是從此處到別處，領略不一樣的風景，感受不一樣的人文，開闊眼界，放鬆心情，鬆綁靈魂，充電精神。這些益處都毋庸置疑，到現在我也認可。

但要反省的是：給遠方賦予太多的期望，輕慢自己當下的生活。耗費大量的時間和財力，舟車勞頓，翻山越嶺，千里迢迢，甚至跨越重洋，試圖用儀式上的隆重來補償自己平日的辛苦，這種想法是時候換一換了。

補償犒勞隨時可以，不一定非要去遠方。眼前的觸手可及帶給你的歡樂不見得比去遠方少，週末近距離景點的一日遊半日遊放鬆，下班回家時的一次仰望天空，乃至社區花園裡的散步，心靈的幸福滿足從不拘形式。

我一樣嚮往遠方，但從此不那麼有執念。

有遠方時我欣然前往，沒有遠方時，我過好當下。

職人精神，就是聰明人肯下笨工夫

一年冬天，我去參加金馬導演賈樟柯的劇本創作公開課。

整整兩個半小時，他不喝水也沒有講稿，就坐在那裡侃侃而談。語言流暢，表達清晰，內容全都是實用乾貨，不藏私，不故弄玄虛，沒有花拳繡腿，一招一式細細地講，金句迭出。

印象較深的是他結尾那句話。

「是不是經典不是當下寫作者要考慮的問題。今天不為人所注意的可能一百年後會被稱為經典；今天被稱為經典的一百年後可能不被人提及。所以，對於創作者來說，完成自己當下的願望和訴求是最主要的。」

夠實在，也夠通透。

他提到自己打算新拍一部古裝電影，為了找到在清朝的感覺，已經停工整整一年。特意將自己的作息調整與古人一致，日出而作日落而息，有意規避現代化都市的喧囂夜生活。他說自己浸淫到這種生活裡，對劇本創作來說：「構不成情節，但構成氣味。」

臺下有人竊笑：「這方法夠笨。」

就因為這「笨」，他的新片出來我一定去電影院買票。

最令人有好感的事情在後面。當他講完起身致謝，如雷的掌聲響起。主持人熱情洋溢地感謝他在百忙之中來授課，並說賈導馬上要回北京的家。

「等一下」，他忽然打斷，「我還有一點要補充，關於『美的判斷』。」

他又坐下來講了十幾分鐘才匆匆離去。

賈樟柯曾經為服裝設計師馬可拍過一部紀錄片，片名叫《無用》，即馬可的服裝品牌名。

馬可曾經有一批客戶是一群舞者：雲門舞集，她受邀為他們設計演出服。從接到邀請開始，馬可就深入舞團，給舞者們量身的同時，和他們每一個人交談，並拍下每一個人的舞姿。當她第二次來到舞團時，舞團創始人林懷民驚訝地發現，馬可叫得出每一個舞者的名字。

為了貼合舞蹈主題，馬可用的布料全部是手工紡織、手工印染，印染的布會發硬，她就再把它們搓軟，再手工縫製。

令林懷民更嘆服的是當演出服被演員穿上身的一刻。那麼多群舞演員，馬可不是做成統一服裝，而是用相同顏色材質的布料，根據氣質，給每個人做了一件適合自己的獨一無二的舞服。

她最後做出的衣服，每一件都是舞者本人的氣質。

真不嫌麻煩。

她也喜歡下笨工夫。

用平常人的眼光，以這些人的名聲和天分，根本用不著這樣。

賈樟柯上課的最後那十幾分鐘內容，不補充也沒關係，身為大師，又沒有人規定他必須講什麼，但他選擇在已經結束時再次返場；在資本為王的市場裡拍部電影，為努力找到清朝人的感覺，要用整整一年的時間讓自己與世隔離。

馬可為舞者做的那些舞服，都做成統一制服也沒什麼，只是一場群舞，當燈光打下，舞者開始旋轉跳躍，在臺下的觀眾根本注意不到這些細節。但她仍然去下看似出力不討好的工夫，要有多少人就做多少種款式，絕無雷同。

因為他們自己知道，有沒有這點笨工夫，那是不同的。

不講完那十幾分鐘內容，在賈樟柯心裡就不叫授課完整；不浸淫清朝人的生活節奏，他拍電影的時候心裡沒底，怕交不出滿意的成果，即使票房好，但未必達到自己心裡的標準。

觀眾看不出服裝的巧思，但對舞者是不同的。當穿著獨屬於自己的訂製舞服，跳舞會有不一樣的感覺，最終你呈現給觀眾的，會有微妙的不同。而對於服裝設計師馬可而言，更是不同，每一件衣服都有生命，所以值得莊重以待。

這些笨工夫，下在細節處，卻決定了整件事情的本質。所謂大師當如是。

其實下笨工夫的何止以上兩位。

林語堂先生作品的御用翻譯張振玉先生，也是「笨人」中的翹楚。有多少人第一次看《京華煙雲》，因為優美洗練的語句，處處拈來的北京話，誤以為這本書是林語堂用中文寫的。好是沒有盡頭的，張先生修訂再修訂，達四五次以上，每一次修訂都要在序中將新舊譯文做對比，並闡明修改原因，例如「雞胃」做食物時，中國人習慣叫「雞醃」，所以要改過來。

散文家董橋說：「我計計較較衡量了每一個字，我沒有辜負簽上我的名字的每一篇文字。」舊式的文化人認為「鍛句煉字是禮貌」、是體面、是節操。他們更像老式的手藝人，對經過己手的文字嚴苛到三百六十度無死角才肯拿出手。

歌手朴樹，十幾年才出一張專輯，但首首經典，不管多久不出現在螢光幕，歌迷永遠都不曾忘記他。他躲在城郊的小院裡養狗寫歌，過簡單純粹的生活，原以為他過得雲

第四章　身處塵埃，也要努力開花

淡風輕愜意無比，但在接受採訪時他居然自曝說：「創作的每一首歌，自己都要在錄音棚裡聽上千遍。」

這些天真而執著的人啊，世界因為他們，而沒有變得更壞。

當世多「大神」，而少大師。

大神與大師同為天分高者，區別他們的關鍵在於：大神善用巧勁，利用槓桿撬到最大利益；而大師喜歡下笨工夫，尤其喜在別人覺得無用之處下笨工夫。

從普世意義上來說，他們都算成功者。可是，成功的分量終歸有所不同。

功者，功在當代，利在千秋——這麼說好像有點大。但除了名和利，真正的成功，總該還有一點能禁得起時間淬煉的東西。而這些東西卻恰恰非笨工夫不足以達成。

我們今天目光所及之處的每一樣不可替代的好東西，不都是這麼得來的嗎？

我家廚房有一把菜刀，當時買的時候我媽覺得好貴，但因為早就聽說這個品牌的刀具用的是上等好鋼，其每一道工藝都下足工夫堪稱精湛，還是咬咬牙買了下來。現在這把菜刀已經進我家十年了，從來沒有磨過，但它始終如一的鋒利，好用到不行。給我家做飯的阿姨讚不絕口：「做了一輩子飯，還沒用過這麼好的刀。」每每聽到它切菜時「嚓嚓嚓」的悅耳聲音，我們都要感嘆：「是什麼樣的能工巧匠才打得出這麼好的刀啊？」對那素未謀面的打造者充滿了崇敬之情。

心心在一藝，其藝必工；心心在一職，其職必舉。

無論做什麼，是做電影還是設計衣服，是寫文章還是翻譯書，哪怕是打一把廚房菜刀，要做好，靠的無非是孜孜以求的高超技藝，再加一顆不辭辛勞追求極致的心，那種被稱為「職人精神」的品格。

如果我們暫時沒條件擁有好的，至少不要失去判斷力，要知道什麼是好的；如果我們暫時到不了好的標準，至少不要隨波逐流，失去一顆向好的心；如果我們在向好的過程中力有未逮，至少要做到「我已盡力，唯求心安」。

好東西是聰明人下笨工夫做出來的。

其實我們都懂，「聰明」雖不易，但最難的是「笨」，是那顆清白單純的赤子之心。

來吧，這泥沙俱下的美好生活

冷冷的冰雨在玻璃窗上胡亂地拍。

第四章　身處塵埃，也要努力開花

「歡迎來到雨區！」我同行的朋友反覆對我說。她已經給我推銷好一陣子烘乾機，給我看她朋友轉發來的文章，內容大致在講天氣潮溼，一個女孩內褲沒乾，穿了以後感染住院。

「這肯定是真菌感染。」她從諫如流已經買了一臺，力勸我也買，並打開網路商城，一下子推薦好幾款給我，讓我選。

「你對雨季是不是沒概念，之前我當學生的時候七雙襪子都不夠穿，因為洗了一週都不乾。」

我都快崩潰了。

她說：「接下來都會是梅雨季。洗了衣服天天都不乾，你快買個烘乾機。」

再提烘乾機，我就要受不了了。

我愁容滿面地看著窗外。

她指給我看：「你看，車窗漏雨哎！都流進來了。」

我堅決否認：「那是車窗內的水蒸氣液化了。」

「歡迎來到雨區。」她說。

何止是因為雨。我的愁，除了雨季帶來的冰冷潮溼的生理不適，更是因為它帶給我壓抑的心理暗示。烘乾機烘得乾衣服，烘不乾情緒。不知道接下來的生活會發生什麼，我充滿了對未知的擔憂，在舒適區待得太久，每次離開，就有連根拔起的疼痛和煩亂感。我爸恰好發來訊息：「辛苦了我的女兒。」平白讓我又添了幾分顧影自憐。

星象上還說我三月水逆，恰好與這段時日相重合——好吧，我特地去做了美甲，酒紅色，沖一下。封建迷信不可信，我只不過想要一點心理暗示，讓自己內心陽光點。

火車到站，一下車，灰色的天空，雨滴滴答答。我居然忘了帶傘。

在人流中拖著巨大沉重的箱子一級一級下臺階，在捷運站，和朋友就此別過。分開的時候，朋友面目凝重地提醒我說：「捷運站裡應該有賣傘的。」大概她看我的樣子也覺得慘。

捷運裡面，依然要下很多級臺階，站在高高的臺階頂上，深深看向下面遙遠的月臺，我深吸一口氣，提箱子的右手臂上開始用力。

「我幫你提吧！」身後走來一位男士，很紳士地說。

他提著我的箱子，「噔噔噔」一路小跑下去，我空著手在後面都追不上。

不會是搶劫的吧？我的小人之心開始作祟。

他把箱子放在月臺，對我回頭致了下意，就走進了人流。

我跑下去，那趟捷運已經關門啟程。我好像隔著門看到了他的背影，高個子，長什麼樣我沒記住，只記得他穿運動鞋。「天使」也會穿運動鞋嗎？

反正，我對這個潮溼城市的印象分加了五分。

出來的時候，我買傘。

紅與黑兩種顏色。理所當然，我選了紅色，一百零九元。

付錢的時候順口問收銀員：「外面還下雨嗎？」可能我的聲音太小，我問了好幾遍她才聽清楚。

她告訴我還在下，然後暖暖地笑著向我道歉：「不好意思，我剛才沒聽清楚你說話。」這有什麼抱歉的，我吐字不清，該道歉的是我才對。

嗯，城市印象分再加五分。

就在這時，我看到帳戶通知剛剛進帳了兩百元，「喜歡作者」，是不知名的讀者剛給我文章的打賞，剛好折我的買傘錢。「天使」不留名，給淋雨的我買了一把紅雨傘。

謝謝你。

心情就這樣一點點明亮起來。

仲介很禮貌地傳訊息問我：「到哪裡了？需要我過來接妳嗎？」我還是自己找吧。剛走到公司門口，他已經出來，殷勤地接過我的箱子：「百合吧？我帶妳去看房。」

我們走過溼漉漉的小街，轉過幾個彎，進入一個社區院落。路過高大油綠的夾竹桃、香樟、芭蕉、竹子以及各種我叫不上名字的喬木，葉片被雨水沖洗得乾淨透亮，紋路清晰。

還途經了一棵高而伶仃的蠟梅，花朵已經全數凋萎，但沒有從枝頭脫落，每一朵皺皺的小黃花上都飽墜著一顆大水珠，好像掛了無數盞晶瑩的小燈籠。

等我們下了電梯走進門，房東一家四口已經在等候了。一對老夫妻，兩個女兒。

房東阿姨很慈祥，一見我，就親熱地招呼我看房子，每一處都細細介紹。

房子裝修溫馨質樸，奶白色的球形吊燈，瓦藍色的雙人沙發，紫紅色的軟椅，電視機上蓋著彩色格子的絨布方巾，小圓几上還擺著粉色的瓶花，隨手可見小小的檯燈，以及鋪著厚厚墊子的床。

木質傢俱顏色不統一，一共有白、黑、木紋三種，但是擺放在一起卻莫名和諧。我從來不覺得傢俱裝飾需要刻意地強調風格統一，只要都是自己喜歡的，哪怕看起來不搭，但它們的內在氣質一定有相通之處，合在一起就是主人的審美情趣，正所謂無為而治。

這個家無聲地訴說著一個事實：這裡住過的主人曾經是多麼用心珍愛它。叫暫住在這裡的我怎麼好意思怠慢？

家裡到處都收拾得井井有條。傢俱擦得一塵不染，廚房灶具、廁所潔具光亮如新，水管打開，熱水就流出來。廚房裡冰箱、微波爐，阿姨都蘸著白醋擦過，家裡彌漫著淡淡的醋味。

門口，阿姨留了拖鞋；櫃子裡，留了床鴨絨被；廚房裡，留了熱水壺、碗、碟之類的。

我忙說這些我自己有，她說：「這麼老遠妳還帶這些呀，我都幫妳準備好了，想讓妳有家的感覺。」又笑咪咪地說：「嫌我的不乾淨你就用自己的好啦。」

梳妝檯上，她特別擺上一小盆嫩綠的文竹，緊挨著的地上，是一大盆枝葉茂盛的橡皮樹。阿姨說：「妳喜歡嗎？我專門為妳準備的綠植。要是嫌棄照料麻煩我搬走。」

留下留下，通通留下，盛情難卻，卻之不恭。

兩臺冷氣，其中一臺壞了，我想讓他們修一下，他們一家商量了一下，說換臺新的給我。

阿姨說：「本來這房子是捨不得租的，但是一看租戶我就喜歡。我有兩個女兒，看妳也覺得像我女兒一樣。」

說得我心裡泛起潮水，好在阿姨的女兒們備了臺除溼機給我。賓至如歸，就是這種感覺。我漸漸不害怕接下來的生活了。

送走阿姨一家，我打算出去找點熱湯，去去寒氣。

路過一家服裝店，忍不住進去看了看。看到一件暗煙色短外套，羊毛的，一定很暖和，正適合這天氣穿。我穿上在鏡子前面照來照去，有了買的打算。身後一個陪著太太買衣服的叔叔看著我欲言又止，忍了又忍終於沒忍住：「這個顏色不適合妳，妳穿有點顯老。」我脫下來，灰溜溜地走了，原來還以為他要稱讚我有眼光呢。

這才想起自己是出來吃飯的。於是走進一家小吃店，給自己點了一盅雞湯，通常對小吃攤老闆不會這樣說話＞對方問我還需要什麼，我問這邊有沒有餅。

老闆娘說：「我們店沒有，隔壁店裡有，我去買吧！豬肉餅好不好？」

這怎麼好意思？我還是自己去吧。

等我拿著餅回來，發現我剛才放桌上那盅湯不見了。老闆娘指了指靠牆那個桌子，那盅湯在那裡。她說這裡暖和。對於一個漂泊在異鄉的人，這又是一縷細小的溫暖。

吃完飯，在一家開放的奶茶小店，買了幾包濾掛咖啡，走了五步遠，櫃檯後面的人喊我，說給我個袋子裝起來。

今天遇到的全都是好人。我都嚴重懷疑，我已經透支完了接下來這一個月的好運氣。

常態的日子，絕不可能像今天一樣，「天使」成堆的出現，每一件事都超乎預期的順心。但是作為一段新生活的開始，總算不是太壞，為接下來可能遇到的疼痛，提前墊了一層厚軟的棉花底。

如同一個人曾在幼年時期被溫柔以待，成年後即便歷盡滄桑，性情底色依舊是暖色調，行動不會輕易荒腔走板。

朋友傳訊息跟我抱怨，她的烘乾機到貨了，但是少零件，正在退貨重發。你看，再怎麼規劃，也擋不住會有意料之外。麻煩接踵而至，但終會一一解決。

來吧！這泥沙俱下的美好生活，我在這裡主動出擊，向你走去，迎接你。

回到樓下時，樓口的彎道坡上，正站著一個顫巍巍的老太太，她把拐杖靠在一邊，手扶欄杆，小心翼翼伸腳試探著，像一個蹣跚學步的嬰兒。

我在坡下面微笑著，向她伸出了手。

膜拜一下這迷死人的優雅

艾迪第一次在碼頭見到瑪麗恩時，他十六歲，她三十九歲。

而且，她曾經是三個孩子的母親——說「曾經」是因為三個孩子中，有兩個兒子同時遭遇車禍身亡，他們死去時，一個十七歲，一個十五歲。

她丈夫是出了名的花花公子作家，外遇不斷，勾引有夫之婦成癮。為了躲避丈夫惹的風流債，他們不得不一次次搬家。

在沒見到瑪麗恩之前，艾迪聽到人們在背地裡叫她「活死人」，說五年來沉浸在喪子之痛裡的她從沒笑過。

作為瑪麗恩丈夫的新助理，艾迪做好了看一張女人苦瓜臉的準備。

但是，當他第一眼看到瑪麗恩時，連呼吸都消失了，瞠目結舌說不出一句話。站在他面前的是一個美麗的女人，身材妖嬈，氣質出眾，態度溫和，舉止得體，周身散發著聖潔又性感的光芒。她把悲傷完整地封存在心裡，不隨便發洩出來誤傷或影響別人。

作家約翰．歐文（John Owen）在這本《獨居的一年》（A Widow for One Year）裡，細細描繪了瑪麗恩第一次出場時的樣子，那場景簡直就像時裝雜誌的封面：迎面的海風中，瑪麗恩坐在汽車引擎蓋上，雙腿漂亮修長，雖然穿了一條款式普通的米色圍帶裙，但裙子格外合身，穿她身上堪稱完美。上身是一件超大號的白T恤，下擺塞在裙子裡，T恤外套了一件淡粉色的羊絨開衫。

為了抵擋強風，她裹緊毛衣，一條手臂橫在胸下，勾勒出優美的身體線條：修長的腰身，圓潤的胸脯。及肩的波浪長髮映著陽光，時而琥珀色時而蜜黃色，微微晒黑的皮膚光澤煥發。整個人毫無瑕疵。

這幅畫面，簡直可以取名叫「風中的瑪麗恩」，和那張享譽全球的攝影作品「風中的賈桂琳」相媲美。

「美就是這麼不講道理。」一個從渡輪上開車下來的傢伙，第一眼看到瑪麗恩，魂不守舍將車開進了亂石堆。

所有的人都在看她，只有她渾然不覺。

「行者見羅敷，下擔捋髭鬚。少年見羅敷，脫帽著帩頭。耕者忘其犁，鋤者忘其鋤。來歸相怨怒，但坐觀羅敷。」顛倒眾生的羅敷女也不過如此。

作者禁不住發出這樣的感嘆：「一九五八年夏天，瑪麗恩很可能是全世界活著的女人裡面最美的一個。」

不，還不夠，約翰．歐文又特意寫了她磨砂的粉色指甲油，泛銀光的粉色唇膏，與她身上的粉色開衫相得益彰。

喪子之痛、丈夫背叛，儘管身陷常人無法承受的深痛巨創，瑪麗恩仍然保持著外表上無懈可擊的優雅和從頭到腳的精緻。沒有邋遢、憔悴、失控，尋常女人因悲傷而導致的不修邊幅、目光呆滯在她身上看不到，她仍然在最大限度地與命運角力。

痛苦當然在她身上不可避免地留下了痕跡，例如那優美的嘴角不再輕易上揚，但是她也不曾任其宰割，變得面目全非，反而淬煉出了一種聖母般肅穆莊潔的美。

她浴火重生的優雅精緻令人肅然起敬。少年艾迪，一見瑪麗恩誤終身。

蜘餘生再也沒辦法愛上其他女人。

他短暫喜歡過的女人，無一例外比他大很多，因為他總想在她們身上尋找瑪麗恩的影子，並且試圖欣賞她們：「一個老婦人並不總是把自己看成老婦人，我也同樣如此。我努力去看她的整個人生，總能從中找到非常動人的東西。」這也算是「記得綠羅裙，處處憐芳草」吧？

瑪麗恩是他性和愛的啟蒙者。對於與她之間的事，艾迪從不為之後悔和羞愧。雖然作家選中他來做助手是有陰謀的，因為他長得像瑪麗恩故去的長子，便利用他來迷惑瑪麗恩，意圖達到離婚爭奪女兒監護權的目的。

知道真相的瑪麗恩，並沒有暴跳如雷，也沒有驚慌失措，她不動聲色地收下這份特殊的「禮物」。又漂亮地反客為主，在一個夏日的午後不辭而別，報復了她無恥的丈夫，留給他一紙離婚協議書。

她從此消失在茫茫人海，直到書的最後一個章節，她才歸來。

在離開的這些年，她也成了一個作家，用文字與世界對話，但不輕易露面。她離群索居，衣著考究地獨自在餐館吃飯，點一杯紅酒，讀著小說用餐。為了避免看到小孩子觸景傷情，她放棄了周末外出，出門旅行她會盡量在天黑之後抵達。

她歸來時，已經是三十七年以後。但是天哪，她居然還那麼美，歲月勢必會奪走她的一部分光彩，卻將她打磨出了另一種高貴的啞光。

作家給她的再次出場營造了強烈的電影感：「一個女人穿過霧氣向他走來，身後拖著一隻機場中常見的拉桿箱，帶著小輪子的那種……在黑暗與霧氣中，看不出女人的年齡。她比一般女人高，瘦而不弱，雖然穿著肥大的雨衣，但因為她緊裹著雨衣禦寒，看得出她身材很好，一點不像個老女人。儘管艾迪現在看出她是個老女人，可她漂亮極了。」

要演繹這樣的女人，除了老年奧黛麗赫本，我再想不出第二人。但奧黛麗赫本已死，還有誰能勝任？梅莉．史翠普（Meryl Streep）身形不夠挺拔，氣質也不構靈動，也許，妮可．基嫚（Nicole Kidman）可以試試？

瑪麗恩踢掉溼鞋，露出腳上的光滑褲襪，透過絲襪，可以看到她的腳指甲塗成了豔

第四章　身處塵埃，也要努力開花

麗的粉色，如同「生長在南漢普頓莊園後面的海灘玫瑰」。

能想像嗎？擁有這樣玫瑰般性感的人，是一個七十六歲的婦人。她從歲月深處走來，那種被時光雕琢過的精緻讓人自慚形穢。她美得很高級，就像一束綠玉葉子掩映下的橙花，潔白，馥郁，神祕，不張揚卻令人深深迷醉。

其實瑪麗恩在書中的戲份並不多，只占了全書首尾兩部分。然而在書的最後一章節，作家仍然在不厭其煩地描寫她的穿著打扮。

進入房子後，她身著炭灰色長裙，很有熱帶風情的橘粉色羊絨圓領毛衣。兩條漂亮的長腿優雅交叉，端莊地坐在沙發上。圍巾是牡蠣的那種珍珠灰色，胸型依然好看。

臨睡前來到廚房，她穿著象牙色的襯裙，披散著長度及肩的銀灰長髮。

第二天上午，她要去見久別的女兒。穿的還是那條炭灰色長裙，不過上身換上了酒紅色的羊絨圓領毛衣，沒有再戴圍巾，而是戴了條簡單的項鍊——儘管簡單卻依然用心，細白金鏈上的淺藍寶石墜子，與她的眼睛顏色相配。風很大，她把頭髮用一支玳瑁髮夾夾住，免得頭髮遮住臉。

艾迪一如既往愛她穿的衣服，被她高雅的審美深深迷住。其實何止艾迪呢？讀者們也會為她深深著迷。她的審美已經融入血液中，色彩搭配永遠那麼高雅和諧，令人賞心悅目，嘆為觀止。

會穿衣打扮的人，真是世間最天然的藝術家，他們將美與生活結合得嚴絲合縫，任誰見到這樣的人，打心眼裡都不敢怠慢。

且不說瑪麗恩的品質與性情之獨特，她的自律與隱忍、博愛與無情都形成了巨大的個性魅力，我必須承認，單單她會穿衣服這件事，我就變成小粉絲。

一個人在外表美上始終不放鬆敷衍，當習慣成自然，便擁有了自己的審美風格。管得好自己外貌的人，也意味著憑藉判斷力與自律力，一樣管得好自己的人生。

對於自己多年的杳無音訊，她如此解釋：「悲傷會傳染，我不希望把悲傷傳染給你們。」

三十七年前，她頭也不回地離開；三十七年後，她風姿綽約地歸來，雲淡風輕得彷彿從不曾離開。小說結尾，看著淚流滿面的女兒，她再度說出了那句女兒四歲時她就說過的話：「別哭啦，親愛的，不就是艾迪和我嘛？」

沒有人恨她。成年後的女兒深刻地體會到她的傷痛後，終於理解了她的選擇。母親只是選擇了做自己，不連累他人而已。

是誰說過？「時間之中，女人有兩種。一種是年輕女人，一種是年輕不再的女人。年輕不再的女人，一種走向衰老，而另一種，走向永恆」。

如果你問我迄今為止，所見最優雅的女性文學形象是誰？毫無疑問，我首先想到的是《獨居的一年》中的瑪麗恩，她那種迷死人的優雅，近乎妖精。她讓我不那麼懼怕年齡，相反，充滿了敬畏。

幸福的標準就是「你覺得」

曾經看過一部小說《大浴女》，裡面有一個情節：一個女孩問另一個女孩什麼是幸福？另一個答：「幸福就是妳覺得幸福。」

當時念高中，年紀太小，讀時覺得有點繞口有趣，一看也就過去了。可不知為什麼，這句話卻被儲存了下來。翻過那麼多書，聖人之訓、至理名言說起來也看過不少，對其中一些話還需要刻意記才記得住。而這句話，卻唯讀了一遍就記住了，不經意到自己都不知道自己記住。

但不知怎麼的，這句話現在越來越頻繁地在心裡泛起。如同一片小小的樹葉，沿著時間順流而下，當以為它早被衝擊得粉碎或不知所終時，卻屢屢發現，它始終頑強又安靜地跟隨，某一處窪地的小漩渦一轉，它便從水底鑽上來，在波光粼粼的水面上自在地漂浮。

真理總是最樸素。

小說裡回答的那個女孩子叫孟由由（你看隔這麼多年我居然想得起她的名字），她不是主角，長得胖乎乎的，唸書不聰明。

她長大後，沒有傾國傾城也沒有事業有成，但是她卻是全書裡活得最幸福的女孩。因為她具備一種能力，就是幸福力，這種能力從小就有。她看得見自己擁有的東西，這些東西就是她最大的財富，她可以讓每個東西都搖身一變成為最美好的事物。按戲份，她在書裡連女三號都不算，我卻牢牢記住了她。

越活越覺得，那些將平凡辛苦的生活過成一朵花的人，才最了不起。

這樣的人當我在生活中每遇到一個，我就肅然起敬一次。

今年過年和我媽搭計程車遇到一個司機。人很瘦，黑黑的臉，有點禿頂，一看就是

那種很辛苦的從業者。但是他總是帶著笑容，好像撿到了金子。我媽暈車坐前排，一路上聽他和我媽叨叨絮絮聊著家裡的事。

他說家裡是在街邊擺攤的，賣些小孩玩具什麼的，原來是夫妻一起擺攤，現在是他老婆擺，他開計程車。平時努力跑車，收工回家的時候只接「順風車」有順路的就捎一程，不空跑。語氣中滿是知足。

我媽順口說：「這多好啊！生活不閒著，夫妻各做一份工。」

他馬上得意地說：不，我還有一份工作呢！晚上去開垃圾車。」

我媽一驚：「那你晚上不睡覺嗎？太辛苦了。」

他說：「我晚上開的時段是七點到凌晨一點。不算辛苦，一點多回到家，睡到早上九點就夠了。再幫我老婆擺好攤，我再出來跑。跑到五六點回到家，吃點飯再出去上夜班。一天下來時間滿滿，過得充實。」

他說自己這麼辛苦還有一個重要的原因是女兒在上高一，需要學費生活費，也需要父母陪伴在身邊，雖然辛苦，但是能夠安穩生活在一起也甘之如飴。

嗯，這真是一個有家庭責任感的男人。

一說起女兒，他開始滔滔不絕，說自己格外注意聽女兒說話，一旦聽到她不喜歡哪位老師，他馬上去找老師溝通，麻煩老師多關心女兒，必須矯正女兒的心態，免得因為不喜歡老師而不喜歡這門課，導致成績下滑。他說從女兒上國中開始他就這麼做的，這個方法很有效，現在女兒在學校的排名還不錯，照這個情況，說不定還能考上國立前段的大學。

我媽問：「就一個孩子嗎？」

他說：「兩個女兒，大女兒我去年剛送進大學，現在該二女兒了。我老婆沒唸過太多書也不擅長溝通，教育主要靠我。」

他又說：「把孩子培養好，只有她們過好，我老了才能過得好。」

我在後排看著他禿頂的頭和微微佝僂的背，心想這本應該是一個被辛苦壓倒的中年男人形象。每天從早上忙到半夜，除了辛勞著賣苦力，還要幫老婆工作，再兼顧女兒的學業，被絆住腿無法出去闖蕩天地，如果心懷怨氣也不意外。雖然辛苦，生活卻被他調理得順順當當，他也過得心平氣和。

我媽由衷說：「這日子過得好著呢！」

他謙虛了一下：「還行吧。」但語氣裡卻是滿滿的喜悅幸福。我不由得又想起孟由由那句話：「幸福就是你覺得幸福。」無疑，這是一個幸福的人。

自從家裡添了小姪兒二寶後，我媽忙不過來，需要一個做飯的阿姨。來給我們家做飯的阿姨本是我們家對面鄰居，已經七十二歲了，她做了一輩子家庭主婦，如今孫子都上大學了，在家閒得無聊，也願意幫我媽。我們開始都有點話說，不敢用，怕她身體萬一出個好歹沒辦法交代。

但很快發現，我們的擔心有點多餘。她每天精神都很好，有說有笑。一日三餐做好後，晚上還有時間精力去公園打太極，或者去她哥哥家串門子。雖然一頭白髮，但比我活得都有精神。

難道一個年過七旬的老太太，還要出來幫人做飯賺錢，這不叫晚景淒涼嗎？可是只要你見過她，才知道什麼叫老有所為的快樂。

幸福沒有統一的物質標準，衣食無憂卻鬱鬱寡歡的人多的是，事業有成卻焦慮憂鬱的人也不少。但是幸福卻有個關鍵感覺，就是「你覺得」。

之前我和我家淘氣的大姪兒各養了一隻旅行青蛙。孩子一來就幫自己的蛙兒子做出了外掛，一下子就有了五千個三葉草，他的蛙一出生就含著金湯匙，吃的穿的用的都是最好的。

我的蛙沒有那麼好的條件，我需要努力慢慢存三葉草，他的朋友不管是蜜蜂還是蝸牛來了，用心找對方愛吃的食物招待，以期獲得多一點回禮。存夠一件裝備的錢我就馬上去買，然後再從頭存。有時候好不容易存夠五張抽獎券去抽獎，卻常常倒楣地搖出白玉：什麼也沒得到，還五張變一張，虧大了。真是氣出眼淚。

最近我打算買一盞最好的提燈給我的蛙兒子，需要一千五百個三葉草，我每天辛苦地去庭院收割，一天去好幾趟，一成熟了就收。為了早點存夠，不得不克扣蛙兒子的吃喝，從最貴的胡蔥炸麵包降級成便宜的鵝腸菜三明治。

我還安慰他說：「兒子你先受點委屈，等一買到提燈我就改善伙食。其實也可以買個更便宜點的蠟燭或燈籠的，但我想讓你出門方便，也不想讓你比朋友低一等，這點苦是值得的，心理學上這個叫，「延遲滿足」。

等終於存夠草，去買下那盞提燈時，我心裡滿滿的都是成就感，那種幸福，我想我姪兒是不會體會到的。要不然他怎麼沒玩幾天就不見他玩了呢？不勞而獲其實也挺無聊的。

是的，我們就是個普通人，辛苦、勞碌、赤手空拳來到這世界，憑自己雙手一點點改善境遇。我不抱怨，更不「恨人有，笑人無」，凡事量力而行，過好自己的小生活。誰說擁有的名利足夠多才會幸福，人生來出身際遇不同，無從比較，社會本來就有自己的層級。只要在屬於我自己的能力範疇內努力活好，幸福感不會騙我。你覺得幸福，就幸福。

眾生皆苦，但好在人心向暖

我的駕照到期，換照前要去體檢，我便預約了去醫院的計程車。一上車，司機就問我：「妳要去的這個醫院是不是從前的某某醫院？」

我說對的。

他說：「這個醫院改名了嗎？我都不知道。」

我說：「都改好多年了，你開車沒來過這邊？」

他說：「我在家裡待了十年沒出過門。」

這裡面有故事，但不好接著問。萍水相逢，何必八卦。

他又說了一遍：「我在家裡待了十年沒出過門。」

我裝沒聽見。

他再說：「我在家裡待了十年沒出過門了。」

話語背後有強烈的傾訴欲望，若再不接話就顯得太冷漠，便問：「為什麼十年沒出門呢？」

他說：「我生病了。」

我猶豫了一下，硬著頭皮問：「什麼病？」

他說：「白血病。」

我在後排向前看，他的腦袋毛茸茸的，不是光頭。

我問：「你換骨髓啦？」

他說：「沒有，就是靠吃藥控制。」

我說看樣子恢復得不錯。

他說：「還行，就是吃激素膝蓋骨有點軟化了，也不影響什麼，還能做點工作。得病的那年四十歲出頭，不得已離開了工作單位，現在都十年了，再回去也沒辦法了，開個計程車吧，賺得也不少！」看得出，他為自己能重新賺錢而開心。

我邊聽邊恍神，他生病的這十年，家裡人也都過得不輕鬆吧？尤其是他太太，上有老下有小，一個在生死邊緣的老公，經濟窘迫加心理折磨雙重壓力，還有放不下的工作和家庭責任，一個女人的日子得有多煎熬。現在，終於可以告一段落了。

下了車，走在人行道上，迎面走來一個身障人士，頭髮短得雌雄難辨，衣衫襤褸，背著一大袋礦泉水空瓶子，兩條腿以一種奇怪的姿態纏在一起一拐一拐，艱難地前行。擦肩而過時，我注意了一下，女的。

再走十幾步，到一個十字路口，路旁的花壇上坐著一個瘋子，穿著一件褪色的絳紅色襯衣，瘦骨嶙峋，眼窩深陷，頭髮和鬍子雜亂如枯草，他旁若無人，正一個人對著空氣有說有笑。

站在人來人往的街頭，明明陽光燦爛，正均勻細密地普照人間，卻覺得眾生皆苦。

覺得生活待自己不公，大概是每一個成年人一生中都要經歷的人生況味，次數多少而已，包括我在內。

可是，當我去街頭走一走，看看那些掙扎在底層的人們時，才會發現生活待自己已經很不錯了，要感恩惜福才對，再不知足就是矯情。

抱怨加班辛苦的時候，想一下很多人連工作都找不到；抱怨還有房貸要還的時候，想一下有的人對買房子這件事連想都不敢想；抱怨出身耽誤前途的時候，想一下很多人其實天賦比我高很多，卻因為條件所限，他們連自己有天賦這件事都不知道。

是他們教會了我珍惜。

進一步走近他們，我常常會被他們身上的樂觀所感染、為他們的善意所感動。

社區附近有一對擺攤的小夫妻，一年四季賣自家產的農產品，水果、蔬菜、玉米、番薯，地裡種什麼他們賣什麼。有一次還看見他們攤上擺著帶著露水的新鮮花椒葉，是一位顧客託他們採摘的。總之應有盡有，你想吃粽子，跟他們說一聲，第二天紅撲撲臉的老闆娘會幫你包好煮熟拿來，價格公道量還多。

我一開始以為他們家不遠，後來才知道，他們的家在幾十公里外的深山裡，每天要開著小貨車往返，為了占攤位，早上天未亮就出發，等到天黑才回去。雖然辛苦，但他們每天都過得充滿喜悅，那種開心不是裝出來的職業笑容，是發自內心的樂觀友善，買他們的東西，我自己的心情也會變好。

有一次又去他們攤位上買他們家自種的西瓜，正好西瓜賣完了，我準備去別處買，小夫妻中的丈夫叫住了我欲言又止，最後，彷彿是下了很大的決心似的，對我小聲說：「你去最裡面那家買。別看他們家的瓜小，但是是真的甜，不是假甜。」悄聲告訴了我一些祕密，說完又有點後悔地說：「我這人就是八卦。」

我不管，反正那天之後，我學會了辨認真的甜的西瓜。

世道雖苦，人心深處猶存著一絲叫「良心」的甜。

一天晚上去參加朋友的飯局，為了助興特意帶了兩瓶酒，搭計程車前往。

等紅燈的時候，司機主動向我聊起了跑車以後的一些經歷。

他說現在人們的火氣都很大。有一次晚上送一個酒醉的乘客回家，到地方了，乘客腳軟得走不了路，亂嚷一氣，他好心好意把乘客扶下車送回家，但一回頭，乘客卻投訴他。

我問他你生氣嗎？

他豁達地說：「跑車三十多年，最忌諱的就是開車生氣。我做的是服務業，沒條件生氣。」

快到的時候，他瞥了一眼後照鏡，問我：「看妳拿了酒，去喝酒啊？」

我說我不會喝酒，是給朋友們喝的。

他「哦」了一聲，便不再多說。

下車時，他終於還是沒忍住，用方言說：「別喝多啊，一個女孩喝多了酒危險。還有，十一點以前一定要回家。」

那真的好溫暖。

我坐公車。車上人永遠那麼多，擠都擠不過去，大家全體面無表情，帶著一種泰然的忍耐。身旁正好有個座位空下，我一坐下，覺得腳下擠著什麼東西。仔細一看，是毛毛一大捆蔥。

身旁的男人看樣子是個工人，我只不過看了一下，他就連忙解釋說：「這是我從老家拿來的蔥，很好吃。」

我沒有看出那蔥的好來，一棵棵細腳伶仃營養不良，枯黃的葉子倒占了一半還多。但我理解他的窘迫，連忙說哦，看上去確實不錯。

他說：「妳拿一點吧，這蔥很棒。」

我連忙說不用不用，謝謝。

但是他一直堅持要給我拿一把，嘴裡翻來覆去就是那兩句拿一點吧，這蔥很棒。

我能體會他的心情，他為他的蔥打擾了我而感到抱歉，想給我一把作為補償。但我想告訴他我根本不介意。

我還明白，現在的菜這麼貴，既然老家有，就帶過來吃不用再買了，這也很正常，不用不好意思。但這樣的話我卻說不出口，只能反反覆覆聽他一遍遍勸說我「很棒，很棒，拿一把吧，拿一把吧……」整趟旅程，就在他複讀機一般的勸說中過去了。

盛情難卻，我說好吧。

但就在這時，車到站了，時間來不及了。

他急得在後面拍我：「快自己拿啊，我不好意思塞給妳。」我一邊說著謝謝，一邊說著對不起，逃也似的下了車。

車很快就開走了，我不敢看向窗玻璃內他那張純樸又失望的臉。我真應該早點痛痛快快答應他，馬上挑好的拿幾棵，但我卻沒有，辜負了一個老實人的善意。

我在生活中遇到的小人物，芸芸眾生中最平凡的人，他們微小如一粒一粒的塵埃，組成了這個社會的土壤。土壤中孕育什麼種子，就會開出什麼樣的花朵，結出什麼樣的果實。沒錯，眾生皆苦，但好在人心向暖。因為這些善良的人，我相信世界終歸不會太壞。

適度美貌是對世界的尊重

我有個閨蜜叫Y，女兒優優是個顛倒眾生的小美女，去個麥當勞都有百分之九十的回頭率。優優從小聽慣了誇讚，難免有點洋洋得意。名校畢業的Y很苦惱，生怕女兒因此走上偶像路線不注重內在。說實話，她苦惱的有點早，優優才三四歲，但Y已私下警告我們：以後看到她，不許誇她漂亮！

有次Y要帶優優來我家，我提前跟我媽說：見了優優千萬別誇她漂亮，Y很忌諱。優優一進門，我媽看了她一眼說：「就是……」然後就忍住了。真不愧是我媽。

然後我媽與Y就此事交換了意見，並認為她這麼做很有必要。我媽教了三十多年書，知道能在學業上爬到顛峰的大都不是漂亮女孩，因為漂亮女孩大多在半道上就跑偏了。當然，這僅僅是她的經驗之談。

我從小到大受的教育也是這樣：愛打扮是可恥的，愛打扮說明這人不愛讀書。只關注外貌是膚淺的、庸俗的、上不得檯面。我的青春期就這樣度過：當別人開始在外表上下工夫時，我茫然四顧不知所云，偶爾忙忙碌碌，也多致力於「提高個人內涵」。如果有人誇句好看，我會覺得受到天大侮辱。

猶記十八歲那年，換了件衣服出來，覺得不適合，又換了件，一個男生見了開玩笑說：「妳是時裝模特兒嗎？」

我大怒，當場斥責人家。結果兩人大吵一架，差點動手。那男生當時說了句話這麼多年猶在耳邊「我就沒見過妳這種女的！」

差不多十年前，坐火車去一個小站，當時我很瘦，穿了件豔粉色無袖背心和一條及踝長裙，淨身高一百六十五公分的我還踩了雙高跟鞋。下車時，月臺一群鐵路工人圍著等車，這時有個男的扯開嗓門說：「天哪，我們這裡還有這麼漂亮的妞！」引來哄堂大笑。我當時漲紅了臉落荒而逃，心中羞憤難當：這人就是流氓！十年過去了，再憶往事，那分明是一種專屬工人階級，直截了當的讚美方式，我幹嘛吊著臉，為什麼不能微笑著對人家說聲「謝謝」呢？是我的觀念出了問題。

去年春天，在回老家的火車上遇到一個大姐，大姐看了我一眼說：「咦，妳不是醫院那個小女孩嗎？妳那時候穿件白衣可漂亮了！」一連說了好幾遍。我聽得十分困惑：我，也，漂亮過？其實十八無醜女，年輕的女孩偶爾都有那麼一兩次的驚豔時刻，沒什麼大不了。我真正驚訝的是，我為什麼那麼無感，連自己曾經長什麼樣都忘得一乾二淨。回想青春，那竟是一片寡淡的荒蕪。

那麼好的時光就這麼無感地過去了。所以我現在覺得，Y實在用不著對優優的美貌如臨大敵，讓她懂得欣賞自己才是頭等大事，好的鳥兒要懂得嬌寵自己的羽毛。

我想說的是，我也不是不修邊幅的人，只是對打扮欠缺熱忱。我一直沒意識到，對自己外貌的不用心，已讓周圍人忍耐了許久。

就拿保養來說吧，我從不防晒，一到夏天就晒成泥猴子，黑就黑吧，有什麼了不起，晒出斑也無所謂，反正冬天都會消退。

之前去了趟瀑布，大太陽下一不戴帽子二不抹防晒，裸著張臉玩個夠，回來後黑了一大截，兩顴骨上已有星星斑點，我也無所謂。回來後丁丁約我吃飯，礙於面子當時沒說什麼，回去後就傳訊息給我：「妳現在的主要任務是美白。」

哈，美白。這個詞我聽得耳朵都起繭了。去日系藥妝店／，有個男店員盯了我很久說：「妳想不想美白？」我說不想。去超市，經過保養品專區，促銷阿姨拉住我說：

第四章　身處塵埃，也要努力開花

「女孩，妳需要美白。」我說不用。阿姨嘆口氣，送我幾個美白試用包，說你回去試試。

對，我就一直我行我素地黑著，覺得不是什麼大不了的事，又不靠臉吃飯。

工作單位有個大哥半開玩笑轉述，他媳婦看到我的照片說，這女的長得很文青。他當時就對媳婦說：「妳沒見本人，她什麼都好，就是有點黑。」

那又怎麼樣？誰介意？我又不是犯了滔天大罪。為什麼這麼多人來挑剔我的臉？你們是和我的人相處？還是和我的臉相處？

但讓我真正覺醒的是件小事。

前幾天去商場，本想去退換牛仔褲，卻在店長慫恿下穿了件類似旗袍的裙子。帶著試試看的心態把那件裙子套上身，當我從試衣間出來，迎面撞到店員們驚豔羨慕的目光：「妳居

然可以把印花駕馭得這麼好！」我轉過身，看到鏡中那個完全不認識的人，在心裡吹了聲口哨。

怔了幾秒後我再想：我明明可以更好，為什麼不要？忽然懂了，別人勸我在外表上用點心，絕對是種善意。當看到一個人明明可以更好一點，卻像扶不起的阿斗那樣死活

適度美貌是對世界的尊重

不爭氣，真正關心你在乎你的人會替你可惜，越好的朋友會越生氣越著急。

我不肯在外貌上下太多工夫，跟受的教育當然有很大關係，可是這麼多年過去了，我已是個成年人，應該與時俱進從諫如流不是嗎？為什麼會如此固執呢？

因為，懶。

這才是真相。不願把精力往臉上分散一點，抱著過得去就行的態度跟生活拖延，掩耳盜鈴，以為不照鏡子就一切OK。其實連貼三天美白面膜就可以舒緩的事就不做，至於觀感，那是別人的事。我就這麼自己的敷衍，說嚴重點，這是種態度散漫、不思上進的表現。

現在才明白，無論男女，在修練內在的同時，也該對自己的外表多負責。外貌與內在不是非此即彼的關係，它們完全可以共生共存，相互輝映。適當讓自己更美一點，是對自己的用心，也是對周遭世界的尊重，更是種無聲的語言，好像在說：

看，我是一個認真生活的人，誰也不能隨便輕慢。

我最終買下那條旗袍裙。走出店門，轉個彎，迎面遇到一個面膜櫃檯，櫃檯小姐熱情地說：「姐姐，我免費幫妳做個美白面膜吧！」

這一次，我乖乖地坐了下來。

第五章　不要嘲笑女人的憔悴

對痛苦的刻意追討，是第二次傷害

由於職業的關係，很多人會喜歡和我聊天，都是一些看上去過得很不錯的人。然而很多時候聊著聊著，就會聊到自己背後的不為人知。

精明幹練的女強人，與自家先生已經分居三年之久；呼朋喚友的帶頭大哥，家裡還養著一個患腦性麻痺的孩子；受過良好教育的女孩，正天天被一個不學無術的官二代上級刁難；知性溫柔的女博士，有個患憂鬱症的弟弟，她每晚不敢完全入睡，時時擔心他跳樓割腕；德高望重的知識分子，與妻子相處起來就像魯迅與朱安。

公認最圓滿的人是玫瑰姐，從小在充沛的愛中長大，背景優越，老公能幹，有一對可愛的雙胞胎，自己事業也很好。可是有一天四下無人，她忽然撩起上衣給我看，背上長著牛皮癬。

年輕的有迷茫，年長的有危機，還有一堆小到不能再小的煩人瑣事。

他們坐在我對面說，說得咖啡都涼了，再起身離開。望著他們的背影，我常常想起那句話：「這世間誰不是帶病生存」。

村上春樹說：「我驀然注意到一個事實，每個人無不顯得很幸福。至於他們是真的幸福還是僅僅表面看上去如此，就無從得知了。」聽起來好像是：「這世上沒幾個人真的幸福，大家都在表演幸福。」

對這句話我無法苟同，他的觀察太膚淺片面也太主觀了，怪不得他拿不到諾貝爾獎。

我的觀察是：就算每個人都有不幸福的理由，但並非所有的人都會被這點理由牽著走。一樣的傷痛，有的人會被牽住手腳，有的人則在傷痛之後，較快地適應「新常態」。

最近見到的比較嚴重的一例是Helen，她在母親過世之後沉溺於痛苦不能自拔。每天半夜三四點就把先生叫起來，說：「我要跟你說說我媽媽。」六點起床，起來第一件事是先對著空氣喊十幾聲媽媽。整整兩年多天天如此，先生苦不堪言，勸太太該節哀順變，Helen 流著淚說：「你不體諒我，你媽死了你會怎麼辦？」

我有個長輩則屬於另外一類人。她年輕的時候是大家閨秀，嫁給了一個國民黨軍官，新婚不久軍官出征陣亡，此時她已身懷六甲，後來生的女兒一歲時得了痢疾夭折。她再嫁，成了一大堆孩子的後媽，自己再也沒有生養。老伴十幾年前沒了，她又淪為孤家寡人。

這一生按理說算是很倒楣了吧？但是她永遠笑容和藹姿態雍容，說話不急不緩，從不抱怨。多少年過去不見蒼老，腰板挺直聲音洪亮，頭髮梳得整整齊齊，耳朵上的銀耳環閃閃發光。這位長輩，在我心裡就是神一般的存在。

對這一類人，我關注了好久，得出的個人結論是：真正決定一個人幸福指數的是他的心靈韌性，或者叫對現實的接受度。

我有個知心姐姐是出版界菁英，清雅脫俗，溫柔婉約，我說她看上去就像沒經過一點風吹雨打的花朵，她細聲細氣地糾正我：「妳怎麼知道我沒受過挫折，我生不如死的時候你看到了？記住，每個成年人都是千瘡百孔。但是只要別盯住不放就沒事兒，妳又不是張愛玲。」

嗯，我也不想當什麼都要拿著放大鏡看一番的張愛玲，看生命是「一襲華美的袍，上面爬滿了蚤子」；看愛，就成了「這世上沒有一種愛不是千瘡百孔」；看海棠恨它無香，吃鰣魚嫌它多刺，讀《紅樓》又氣殘缺不全，高鶚妄改死有餘辜。雖然文人寫作誇張一點也正常，但是會下意識地流露自己的想法習慣，張愛玲太求全了。

張愛玲自己也知道自己的毛病，在散文裡說「凡事想的太多是不行的。」當一個人不接受目光所及之處的任何破損，相容度不夠，養成消極苛責的思考習慣，恐怕這一生都很難快樂。

在醫院工作時，遇到過不少確診癌症的病人。他們的第一反應幾乎都是：「還能做手術嗎？」等熬過手術關，便前仆後繼開始一輪又一輪的化療和放療，用「殺一棵草連殺十棵苗」的方式與癌症不共戴天，那個過程對人體真是嚴酷的考驗，生還者寥寥。

更令人沮喪的是，即使暫時打贏了這場慘烈的體內生化戰，但「師之所處，荊棘生焉。大軍之後，必有凶年。」人體的正常免疫系統重建十分艱難，這又給癌細胞們死灰復燃的機會，能不能熬過五年存活率又是個未知數。

每一張空下來做全面消毒的病床，都在訴說著往生者的不甘。

目前學術界又提出了一種新的癌症治療理念：人體與腫瘤和平共處。不再執著於徹

對痛苦的刻意追討，是第二次傷害

底剿滅癌細胞，因為它們本身就是我們自己身體的產物，與其玉石俱焚，不如在適當的治療以後不再窮追猛打，將腫瘤視為身體的一部分，寬容接受它的存在。與此同時提高身體免疫力，注意監控複查。

這聽起來是不是有點太一廂情願了？我不知道。但是如果把那些「放不下」的痛苦當作心理上的腫瘤，這種方式未嘗不是一種借鑑和啟發。

幾年前，我鄰居家有個阿姨在高房價的壓力之下遠走俄羅斯做生意，她把賺來的錢源源不斷匯回家裡，房子買到了，她也回來了，但卻有鳩占了鵲巢。她氣不過，和丈夫打官司，把房子要了回來；還氣不過，找小三評理結果被對方打了，她報了警，但是員警的處理她不滿；於是開始到處告狀，中間種種狗血；最後，因為行為越界被以「公共危險」的名義關了起來，再出來頭髮都白了一半。

「我這麼多罪不能白受！」她悲憤難抑。親友們也氣也痛，但還是勸她就此罷手，別再和渣人渣事鬧，那個無底洞不值得我們用自己的人生去填充，有人甚至勸她去看一些電影就什麼都想通了。但是她不肯，堅決到處討說法，求正義，只好隨她去。最新聽到的消息是她因為忙於四處走訪，把新找的工作又丟了。

有時候，對痛苦刻意的追討會成為對自己的二次傷害。

陳文茜說：「記得人生有兩條路，一條用來惜福，一條用來遺憾。如果你總是風聲鶴唳地看過去，生活只好讓你四面楚歌。」原生家庭的隱痛，成長中遺留的傷害，無辜遭遇的背叛惡行——命運向每個人發送傷痛，它們讓我們鬱悶憤恨，背人處黯然自傷，暗夜裡咬牙切齒輾轉難眠。紛紛然黃葉連天，不覺間起了霧霾，要警惕在怨恨不甘之間，漸漸變成一個心理不健康的人。

我們常勸別人要「放下」，要「釋然」，但是療癒的過程卻必須是先接受，而後才是放下和釋然。

看過一部紀錄片，心懷奧運夢想的女運動員被瑣碎家事和殘疾孩子羈絆，對神父哭訴：「這不該是我的生活！」

神父說：「孩子，這就是妳的生活。」

心靈想通往安寧之所，必經一條隧道，隧道口掛著的牌子上寫著「接受」。

我有個朋友，原生家庭觀念非常老舊，一生下來生父母嫌她是女孩，就把她送人。

我以為她一定會記恨他們，但是沒有，她現在與生父母的關係很好，逢年過節還上門探望，他們病了她也會去醫院照顧。提及那段往事，她說：「一開始我心裡也有芥蒂，但是有什麼用呢？事實已經無法更改。父母那一代人有他們的局限，要接受，否則我自己餘生也會鬱憤難安。與他們和解也是與自己和解。」

我又一次想到張愛玲。她學貫中西，能寫會畫，除了天賦超群，當然要得益於她所受的教育。父親給她打下了深厚的中文功底，母親帶她見識西洋文化。

在父母離婚以後，她與父親發生矛盾，本來沒有撫養義務的母親還是下定決心把她留在身邊，出錢供她去香港讀書，卻回絕了弟弟投奔的請求，理由是她是女孩子性別上會吃虧。父母縱然各有各的毛病，她也依然從他們那裡得到了很多人一生都難望其項背的資源。

但是從張愛玲的字裡行間，很難看到她對父母，尤其是對母親的一點感恩體恤，細節回憶裡滿滿都是耿耿於懷的委屈，說白了就是記仇。不否認她的天才，那天才令她俯視人間的同時，卻也放大了情緒與負能量。

張愛玲至死與父親不曾和解，母親臨終前寫信來想見她最後一面，她終究沒有去。她在《小團圓》裡講過不肯要孩子的理由：「如果有小孩，一定會對她壞，替她母親報仇」，看來也覺得自己過分了。

這世上誰不是帶病生存，誰不是苦大仇深，誰不是有些難治的過往之傷，在無法清除之前，不妨先接受下來，再交給時間和未來更強大的自己去療癒。

盧梭有言：「順從使我獲得了安寧，一種在艱難又無意的反抗掙扎中不可能有的安寧，也正是這種安寧，讓我所有的傷痛都得了補償。」

當人開始接受現實，救贖與改變才會真正開始，你停止了哀怨與申訴，理智思考，客觀對待，務實解決，生活才會一點點轉向明朗。

更何況，就算被生活欺負了無數遍，但她的迷人之處還是時時吸引著我們不計前嫌地湊上前：忽然被一句歌詞擊中，忍不住給一碗好吃的滷味按讚，為了一支新買的口紅顏色去添置新衣，清早路過街道的櫥窗玻璃時會悄悄欣賞自己，對著晨跑型男的背影暗暗在心中吹口哨。

那一刻覺得生活真美——親愛的，這才對啊！當我們享受了生活的美，也要接受她給的罪，就像鬱鬱蔥蔥的田野接受一場霜凍的降臨，像廣闊沉默的天空接受泗漫上來的積雨雲，像樹木、花草、昆蟲、飛鳥等一切一切生靈萬物那樣，去欣然地接受四季的輪迴。

你不是胖，你只是靈魂比較大

丁丁約我吃韓國烤肉，欣然赴約。

上次我們約在中餐館，一坐下來，向來無肉不歡的她居然點了香菇菜心，說正在減肥，於是我們吃得點到為止，連話題都變得風輕雲淡。

現在她約我吃肉，是減肥初見成效需要進行階段性慶祝嗎？

當她出現在烤肉店時，我發現她一點都沒瘦，許是當天穿的衣服寬鬆，似乎還更胖了，上次那盤香菇菜心只是象徵性表態吧。

她一邊翻著烤盤上吱吱冒油的五花肉，一邊仍然嘴裡念念有詞喊減肥。

我打斷她，問她最近在忙什麼？

她說自從換了公司，每天拚命追趕，想考個專業證照；投資了一家小麵店，業餘時間要去店裡照看生意；最近又入股一家咖啡館；打算明年去美國找個鎮子小住，現在擠點時間就惡補英文……

我說：「過得很充實呀！」

第五章　不要嘲笑女人的憔悴

她說：「是啊，可是我還是減不了肥。現在又這麼累，再不吃點高熱量的東西根本挺不過去。」

丁丁的胖是家族遺傳，她媽媽和姐姐我都見過，一家子胖美人。

所以，她要減肥，那是難上加難。

她一邊吃一邊自責，那糾結的樣子又沮喪又挫敗。這一刻，她不再是那個三頭六臂有夢可追的女強人，只是一個對自己狠不下心來的沒出息的胖子。

她的樣子彷彿在說：「我減不下來，我有罪。」

我心裡很難過。隱隱地覺得哪裡不對勁，卻又說不出。

上個月去參加同學聚會。印象最深的不是那些事業有成的佼佼者，而是兩個發胖的女同學。

在群裡統計班服尺碼時，在L號的基礎上，她們一個要了XL，一個要了XXL，我還有點不信。待見到真人，兩個美貌女孩，已成了兩個圓球。我差點脫口而出：「妳們是怎麼搞的啊？能胖成這樣。」

可是，不出十分鐘，我就喜歡死了這兩個胖球。

因為滿場子只有她們最不藏不裝，哈哈哈笑得最歡暢。上來一道五更腸旺，圓球Ａ一看就說：「哇，我的最愛！」抄起筷子呼嚕呼嚕吃得香。

她身邊的人一定很接納她，她才能吃得那麼理直氣壯。有人揶揄她胖時，她乾脆地說：「我也不想胖，可是每天婆婆給我做一桌好吃的，要是不吃，顯得多不尊重長輩。胖，於她是生活的恩賞，是被家人寵愛的明證。

圓球Ｂ是我們班長，從前她的外號是「俄羅斯小男孩」。那年夏天初見她，一頭天生黃毛剪得又薄又短，皮膚白得泛藍，鼻子高挺，大眼睛眼窩深陷，雙眼皮又寬又深。細手細腳穿著背帶短褲，坐在白花花的大太陽下面，背景是自動虛化掉的校園綠樹叢，乍一看人只有薄薄一片。就像是剛從俄羅斯老電影裡輕盈躍出的清秀小少年。

而如今，五官依然深邃，只是腰圍暴漲。合影時有人大喊「俄羅斯大媽快點過來」，她樂呵呵跑過來笑道：「討厭！叫俄羅斯阿姨不行嗎？」她一點都不介意被調侃，用幽默輕鬆化解掉尷尬。

而另一位美人，卻果斷拒絕了同學聚會，理由是：「我現在胖成這樣，不好意思見人。」

其實她不算胖，身材只是豐腴。就因皮下如今多了一層薄薄脂肪，曾經的班花放棄了和同窗舊友們重聚的機會。

我不禁又想起丁丁，活得那麼認真的人，身上多出來的那點肉沒有壓垮她的積極上進，卻壓癟了她的快樂自信。

問題的關鍵並不是胖，而是對胖的自卑。

「傷害我們的從來不是事情本身，而是我們對事情的看法。」

我很欣賞的一位專欄作家發了新文章，講自己這麼多年與胖的關係，那就是一場曠費時日持久的拉鋸耗竭戰。

她寫道：二十年如一日長期處在減肥狀態中的我，最常問自己的一個問題是，我這麼苦是為了誰？

悲憫通透如她，竟也遭此心劫。也許越是認真生活的人，越容易有執念，因為他們的自我期許高於常人。

熱衷瘦身無疑是社會進步的象徵，因為我們的物質生活已經豐富到不需要用胖來證明自己生活優越了；相反，你胖，還代表觀念落後，自我管理差。

所以，很多人都有或多或少的瘦身焦慮。沒減下來的為自己減不下來慚愧，減下來的為偶爾多吃一口懺悔。面對一塊紅燒肉，「吃與不吃」成了與「生存還是毀滅」同等重要的問題，因為這已經被提到了道德層面：這一口，關係著你是不是一個控制得了自己欲望的人。

這邏輯有點誇張，但很遺憾，很多人就這麼想。

其實，我也是輕度瘦身焦慮者。如果一週因為太忙而沒去健身房，我就心裡恐慌，覺得會被社會拋棄。

好不容易去一趟，即便對那些揮汗如雨的有型男生，不是抓緊時間欣賞他們的腹肌胸肌窄胯緊臀，而是心懷嫉妒：能練成這樣，不知道是吃什麼外國牌子的蛋白粉了，一定很閒吧？這身肉每天不在這裡泡足四個小時是出不來的——莫名的憤憤起來，覺得這世界不公平，為什麼他有時間天天來，而我卻不行。

明明是來健身的，最後變成尋不開心了。

我在醫學院任教的同學曾經在臉書裡認真糾正過我：「不要說瘦身，要說健身。」

一字之差，境界天壤之別，我忘了瘦是表層目標，而健康才是應該追求的本質。

如果胖是因為欲望，想瘦不也是欲望嗎？

減肥瘦身欲望過度也是需要警惕的心理問題，是會擾亂我們日常情緒，進而拖幸福指數後腿的。

如果一個胖人豁達樂觀自信，為什麼一定要他為自己的胖羞愧理虧呢？他們已經直接跳過肉身，奔向更廣闊遼遠的心靈空地，某種意義上，他們比我們進化得更快。

接納程度是社會成熟度的尺規，當我們學會不用唯一的標準來粗暴衡量、苛求所有的人，這社會就進了一大步。

村上春樹說：身體是我們安放靈魂的神殿，要保持它的清潔與美好。他保持的方式便是像儀式一樣全世界地跑跑跑，順便跑出了肌肉和思考。

身體是我們的，也不是，它只是我們這一世靈魂的容器。

我們與自己這尊肉身的緣分不過短短幾十載，從這個意義上來講，它是我們的合作夥伴，不是我們要征服的對手，試著與它和解，而不是過多強調「戰勝自我」。

那些因瘦身而起的糾結和憂鬱，就是身體和欲望在對抗和搏擊，它們各執一端，我們站在中間痛苦搖擺。脫水、掉髮、厭食乃至反彈，便是身體委屈之後的報復。

有瘦身需求的人，對於自己的身體請耐心一點。換一種方式，要疏導不要壓制，要鼓勵不要嫌棄，要雕琢不要修理。讓它心甘情願配合，和我們一起通向變好的路上才是正途。

從此，一樣是節食，一樣是運動，因為正向思考的關係，壓力、困難也會隨之消滅。

心魔生，執念起。心魔除，煩惱滅。

我明白這個提法太過理想，因為道理大家都懂，做起來卻太難。但沒關係，在「知道」與「做到」之間的那段距離就叫「修行」，我們終將會在這條路上，除了瘦、美、健康之外，獲得更終極的人生要義。

世上本沒有負能量，嫌棄的人多了才有的

中午午休，睡意朦朧中，手機訊息提示音響起，來自一個朋友。他發過來一串訊息說我支持的球隊輸了。

我笑了一下，心說：「屁咧，肯定還有別的事。」

我回：「哭吧，哭吧，不是罪。」

果然，沒過五分鐘，他主動說了：「職場被人挖坑，損失不小，外加客戶減單，真是雪上加霜。他焦頭爛額，午休失眠了，想找人說說話。」

不知從什麼時候開始，我們羞於向人直接訴說自己的難堪與鬱悶，需要鋪墊與迂迴才能說出真相。這還算好的，要知道有更多的人，已經失去了傾訴的能力，據說都市「微笑憂鬱症」發病率在節節攀升。

「微笑憂鬱症」，現代人的一種新型憂鬱傾向。表面上一切如常，保持習慣性微笑，但內心早已不勝重負，在壓垮駱駝的最後一根稻草到來之前，你根本看不出他們的異樣。而這一類人多是別人眼中所謂的成功人士，他們維持著表面上的繁榮富強，實則內心積重難返。

竊以為，這種現象與輿論環境有關。我們這個時代，提倡人人自帶盔甲，不允許輕易流露出脆弱彷徨。

刷刷自己的臉書，誰敢說自己沒看過類似的文章：〈不要成為散發負能量的人〉、

〈遠離那些負能量的人〉、〈要學會做個遮罩負能量的人〉，甚至有〈世界正在懲罰負能量的人〉……鋪天蓋地，散發負能量者就算不是人人得而誅之，也是無我不用其極的將其隔離孤立。看得人心驚膽寒，不免要「有則改之無則加勉」，否則不如自絕於溝壑。

我很厭煩這些論調，人吃五穀雜糧，就要拉屎放屁，這個道理大家都懂。只要我們還活著，要在這個世上謀生交往，就不免會有沮喪、難過、憤懣、消沉、脆弱……這些被統稱為「負能量」。但另。忘了，「負能量」也是我們精神代謝的產物，為什麼要對這個詞有偏見？

誰的頭上能永遠豔陽高照一碧萬頃，不定哪塊雲彩就能給你一陣冷雨。

其實，那些所謂散發負能量的人，不過是暫時被困的弱者，是旁觀者清當局者迷的迷路者，是劇痛之下忍不住發出了呻吟與咒罵乃至哀號的受傷者。

不是人人都能把持得住隱而不發。更別忘了，那些微笑憂鬱症是怎麼來的。

人在某一個階段遇到坎坷，產生負能量是必然的，但極少有人會永遠負能量。就像沒有人永遠正能量一樣，包括那些正在口誅筆伐他人的人們，能保證自己一輩子福星高照嗎？能保證在生活的殘缺面前永遠心平氣和嗎？能保證在被中傷踩踏之後絕不失態嗎？

負能量是全人類共有的精神產物，人類經過億萬年的進化始終沒有消滅之。正能量與負能量之間就是要此消彼長，循環往復，負能量不會被消滅。

你看一棵樹，從春天長到冬天，經歷季節變換，迎接烈日、狂風、暴雨、霜雪，在它的枝頭，不時有葉子脫落飄下。那些隨風而逝的樹葉，就是樹的負能量，可是沒有人會去大驚小怪地譴責，是因為它們沒有打擾到別人。

譴責散發負能量的人，本質上是譴責用負能量擾亂他人身心的行為。可是，你為什麼不能承認，是你自身的能量不足，禁不起來自他人的情緒耗損？

或者，是對方在你心裡的分量不足以讓你為其付出心理成本？這些都沒有錯，畢竟在現實面前，要各人自掃門前雪。

但用政治正確的口吻，站在道德的高度上進行評判，卻值得商榷。當這種聲音形成權威，會不會讓許多懷抱負面情緒的人產生愧疚感，在尋找到正確的宣洩途徑之前，因為畏懼而選擇壓抑自我？

都市人一邊哀嘆人情淡漠，一邊強調人與人之間的界線，這個尺度還得學習好好掌控。因為我們很難保證自己每一次在與他人的交往中，不會產生距離定位上的錯覺。也許一次坦露，換來的是傷口上撒鹽。

要成為一個有教養的現代人，意味著要活得像柴靜說得那樣：「在笑容背後，是咬緊牙關的靈魂。」牙關咬不緊，在我們這個時代是要被鄙視的。

我的閨蜜W，曾在職場遭人暗算，職業生涯一度跌入谷底，還有一些亂七八糟的其他事疊加。那一段時間，在另一個城市的她幾乎天天都要打電話給我，一打一小時，話題也只有這一個，訴說自己目前的遭遇，控訴陷害她的人，循環播放。好不容易見一次面，醒著的時間也被這樣的自白占滿：「我真傻，真的……」祥林嫂似的。幾乎要神經了，這樣的狀態一直持續了大約一年多。

但我一點也沒崩潰，更沒煩她。她打電話的時候如果我正忙，會告訴她等等回電。我只希望她能好受一點，如果跟我說，她能舒服一些，就讓她說。每一次，她說那些我聽過無數遍的事情時，我都像是在聽第一遍，因為我明白，如果痛苦不消散，那每一次重溫都是新的。

這種情況一直到她在職場谷底反彈，她才慢慢減少了和我電話的頻率。好長時間沒有她的消息了，沒有消息就是好消息。

我沒有覺得她把負能量傳遞給我就不應該，相反，我願意承接她對我的信任，舉目四顧，這世上能有幾人把如此多的信任交付給我？況且我的朋友本來又不多，能幫一個是一個。我能做的只是陪伴。

明白了吧？這世上本來沒有那麼多的負能量，只是嫌棄的人多了，就變成了所謂的負能量。

閒言碎語，最好不要說給不相干的人聽，不是說是個人，就配分享你的負能量。「世味年來薄似紗，誰令騎馬客京華？」你對世人存著始終如一的美好希冀，最終才發現，世人各有各的可惡。

不要嘲笑女人的憔悴，那憔悴裡有滄桑淘出的智慧

「梳頭髮的時候他在頭髮裡發現了一彎剪下來的指甲，小紅月牙，因為她養著長指甲，把他劃傷了，昨天他朦朧睡去的時候看見她在床頭剪指甲。昨天晚上忘了看看有月亮沒有，應當是紅色的月牙。」

這是張愛玲《紅玫瑰與白玫瑰》裡的句子。本來這篇小說裡流傳最廣的是另一段：「也許每一個男子全都有過這樣的兩個女人，至少兩個。娶了紅玫瑰，久而久之，紅的變成了牆上的一抹蚊子血，白的還是床前明月光；娶了白玫瑰，白的便是衣服上的一粒

飯黏子，紅的卻是心口上的一顆朱砂痣。」

這段話當然經典，勝在精闢。但更耐尋味的卻是關於「紅指甲」的段落，不僅委婉地寫出了兩情繾綣時的瘋狂，後面還有昨晚的月亮「應當是紅色的月牙」這樣的熱烈暗喻，更寫出了一個女人對男人的深情。一定要很愛很愛他，才會捨得為他剪掉了養著的指甲。

這是書中主角佟振保和他的「紅玫瑰」王嬌蕊的情愛片段。「海龜」男振保租房的房主是他的老同學王士洪，嬌蕊則是王士洪的太太。他們趁王士洪出差的空檔看對了眼，糾纏在了一起。

從來都是讓男人們傷心的嬌蕊，這回輪到有人來替他們復仇了，要一次性討還之前她欠下的所有情債。

「老房子失火最難救」，情場老手淪陷了真要命。

她坐在家裡等振保，聽電梯轟隆轟隆上樓，到了這一層不停，她「就像把一顆心提了上去，放不下來」，如果沒到這層停了，她又感覺像是「半中間斷了氣」；

她趁振保不在的時候，把他的大衣拿回來掛在牆上，自己坐在大衣下；

她把他的煙灰盤子也偷拿回自己屋，點著他吸剩的殘煙，痴痴地看煙燒盡，燒了手指，她滿足地吹一吹。

這作風很小女生，像韓劇裡，天天跟在自己暗戀的男生後面，偷偷喝他水杯裡剩下的水的傻女孩；也很張愛玲，《小團圓》裡也有這樣的段落，張愛玲把胡蘭成每次抽剩的煙蒂珍藏起來，存了滿滿一信封。

張愛玲寫：「現在這樣的愛，在嬌蕊還是生平第一次。」連她自己都嘲笑自己。

再擁抱振保的時候，她極力緊箍著他，羞愧地說：「沒有愛的時候，不也是這樣的嗎？」然後把手臂勒得更緊些，問他有愛沒愛的摟抱「是不是兩樣」，振保只能答：「當然兩樣。」但說實話，他分不出。

因為他對她，沒有相同分量的愛。

兩個人之間，「誰先愛誰輸」。所以嬌蕊註定要輸得很慘。

天真的嬌蕊給先生寫信攤了牌，想要離婚，和振保白頭偕老。振保沒想到她來真的，慌了手腳匆匆逃離，還住了院。嬌蕊追到醫院，做小的，伏低伺候，種種欲言又止詞不達意。

她安慰振保「別怕」，自己表態「我都改了」，後來又要強地說：「我絕不會連累你的。」最後又近乎哀求：「振保，你離了我是不行的，振保。」——是她離不開他。

她像個怯生生的做錯事的孩子，卑微地渴望得到一點安慰，哪怕一點好臉色都行，但是振保已經厭煩了她。

嬌蕊最後一招是屈辱地抱住振保號啕大哭，聲嘶力竭，她伏在振保身上哭了很久很久，哭得自己都下不了臺。

振保自始至終沒有給一個臺階。他直截了當地對嬌蕊說：「嬌蕊，妳要是愛我的，就不能不替我著想。」

他冷酷而頭頭是道地分析了自己的困境：來自母親的，來自社會的等等等等，總之他是要前途的人。

她將他視為全世界，但他的世界裡根本沒有她的立錐之地；本來大家都是成年人，就是玩玩。

他還精明地替嬌蕊想出了向先生挽回婚姻的辦法：「等他來了，妳就說是跟他鬧著玩的，不過是哄他早點回來，他肯相信的，只要他願意相信。」

第五章　不要嘲笑女人的憔悴

這涼薄如冰水，將嬌蕊一下澆暈，又澆得格外清醒。書裡寫：「嬌蕊抬起紅腫的臉來，定睛看著他，飛快地一下，她已經站直了身子，好像很詫異剛才怎麼會弄到這步田地。」她找到她的皮包，取出小鏡子來，整理了一下妝容，正眼都沒看他一下，就此走了。

既已至斯，還有什麼好講。這個小女人終歸記起了自己的自尊和驕傲，她果決煞車，沒有讓自己的失態繼續。

後來她又來了一次，趴在睡著的振保身上又哭了一頓走了，一句話都沒說。

上一次哭泣，是挽留和哀求，為的是求一點結果；這一次，是訣別和了結，為自己覆水難收的愛情。

從此，她死了心，再也沒來找過他，就此斷了聯絡。

嬌蕊並沒有再回到自己先生身邊，她真的離了婚。

她打落牙齒和血吞，不自欺欺人，離了婚的女人沒著沒落前路坎坷，但騎虎難下也好死撐到底也罷，這一步既是踏出就不再收回，終究沒有委屈自己的心，不肯糊裡糊塗苟且偷生。

振保呢，因為母親的眼淚所逼迫而結婚，見烟鸝一面就說「就是她吧」，像不耐煩又隨隨便便地往家裡搬一件傢俱。他並不愛她，但他永遠活在社會的評價體系裡。

這個故事裡，女人比男人勇敢清醒：愛了就愛了，就要在一起；不愛就拉倒，該離開就離開。

而生活終將怎樣對待那些敢做敢當一副熱腸往前闖的人？

後來的振保，在世人眼裡，儼然一副成功人士的模樣：事業有成，老婆賢慧，女兒可愛，才九歲連上大學的教育金都準備好了。對上孝敬母親，對下照顧弟兄，對朋友誰也沒有他熱心周到。人笑他俗，但那也是見過世面的俗。

從外面看真的好，但是翻開生活的裡子，全是破洞：妻子無趣乏味，閨房不行，不喜歡男歡女愛，有點冷淡；口齒不行，再也沒有從前和嬌蕊那樣口舌上一來一往鬥嘴的樂趣；理家不行，和婆婆傭人都處不來；應酬不行，振保的朋友她全得罪光；料理家事也不行，用紙包個東西都包不好——竟是樣樣都不行。他就是娶了個「身家清白，受過教育」的空殼子回來。

這還罷了，更諷刺的是，烟鸝後來竟然還出軌；出軌就出軌吧，出軌對象還不落俗套，是個頭上長痢痢的裁縫。更吐血的是，振保為了面子還不能聲張，照樣得拿

錢養家。

這和他最初設想的家庭生活太不一樣了，簡直是老天爺跟他開的冷笑話。娶了白玫瑰，日子就成了一張白色的草紙，不得不忍著噁心擦拭生活給他的排泄物。

至於他的紅玫瑰，她現在過得還好嗎？他仍然為自己的拒絕引以為豪。

終於一天，他在早晨的公車上和她邂逅，這是有戲可看的一次會晤。

他上車，找位子坐，有個婦人不經意而自覺地抱起孩子，給他騰出座位。他一屁股坐下，待弟弟提醒，才發覺那婦人竟是他的嬌蕊。

此刻，落在振保眼裡的嬌蕊，已經是一個憔悴的中年婦人，開始發胖，仍然塗脂抹粉，卻早已不是當初的嬌豔欲滴，成了爛大街的俗豔。

曾經看到有評論家對嬌蕊的憔悴表示了居高臨下的同情，覺得人生萬分悲涼。其實憔悴又何罪之有？誰能不老？日復一日地氧化和地心引力，衰老不過是遲早的問題。評論家沒有對著鏡子照照自己的模樣嗎？試看蒼天饒過誰？

張愛玲只寫了振保單方面的視覺感受，如果她肯寫嬌蕊再見振保的感受，也許會這樣寫：「他的臉還是醬黃色，只不過比先前又添了青黑，大概是他做事一向太辛苦了，聽說他太太也不太讓人放心，以致他母親都從家裡搬出去了，他夾在中間想必很吃力；眉眼五官還是像從前那麼看不出所以然，但神情比從前多了疲憊。從前自己對他也刻骨銘心過嗎？想想都覺得恍惚又奇特。」

再次會面，隔著湯湯流水一樣的歲月，皮相開始衰老殘敗，但嬌蕊為人生結果，壓得振保渣都不剩。

她不再是那個逮人就放電的風騷少婦，成了一個得體端莊的太太，和振保弟弟寒暄起來滴水不漏。原來她是一早帶兒子去看牙，孩子牙疼，鬧得她一晚上都沒睡成，——怪不得憔悴。當了媽的人，都難免。

振保問她「妳好嗎？」她沉默了一下，方道：「很好。」這一聲「很好」是忠實的結論，而那沉默才最珍貴，是飛速重播的歷歷往事，是不再提起的千言萬語：被辜負被拋棄，跌跌絆絆多少辛酸周折，最難的時候都過去了，現在我很好。

振保問她愛不愛自己的丈夫，她篤定地點頭，並鄭重回答：「是從你起，我才學會了，怎樣，愛，認真的……愛到底是好的，雖然吃了苦，以後還是要愛的，所以……」

這一段磕磕巴巴的話，真的是無比真誠，無比豁達。她早已不恨他，他曾經闖入她

第五章　不要嘲笑女人的憔悴

的生命，給她上了一堂課便轉身離開。從那一段失敗難堪的感情裡，她學會了怎樣愛人，從此如同鳳凰涅槃，帶著這技能一路向前，找到自己可付終身的人傾心相守。

振保由衷地說：「妳很快樂。」

她笑了：「我不過是往前闖，碰到什麼就是什麼。」這是默認自己快樂。是不是也可以這麼說：「當你經歷過最壞的，便沒有什麼可害怕的了。」沒有因為受傷就停下腳步畏縮不前，往前闖，「碰到什麼就是什麼」，多麼勇敢！

較之嬌蕊的真誠坦然，振保報之的是令人嘔吐的庸俗和輕薄，他冷笑：「你碰到的無非是男人。」還是十年前的眼光。

殊不知兩岸猿聲啼不住，輕舟已過萬重山。

面對這個男人的無理傲慢，嬌蕊沒有生氣，坦然答：「是的，年紀輕，長得好看的時候，大約無論到社會上去做什麼事，碰到的總是男人。可是到後來，除了男人之外總還有別的……總還有別的……」

她是真的活明白了：女人不能只靠美貌，因為它終將會逝去，生活裡還有其他更值得看重的東西。

寫到這裡，張愛玲讓這個女人的光彩如禮花一般綻放，照亮了讀者的眼睛。情海幾番沉浮，千帆過盡，她穩穩登陸，在塵世煙火中，握住了生活的把手。

歲月摧殘了皮相，卻將那些有悟性的女子像珍珠一樣從生活的沙礫裡挑揀出來，打磨得熠熠生輝。苦難磋磨她們容顏的同時，也給予她們修練，賜予她們力量，讓她們變得無懼無畏，寵辱不驚。

當她們老了，頭髮白了，臉黃了，發胖了，長了法令紋與眼袋，不要忽略她們也經了風雨，見了世面，長了記性。她們比從前更通透，更踏實，更從容。在那憔悴裡，有她們的故事與歷練、成熟與成長，有滄桑裡淘出的智慧和氣場。

也讓曾經在她面前不可一世的男人相形失色，顯得虛弱幼稚。振保開始嫉妒，「連她的老，他也嫉妒她」。

所以才有人對七十歲的瑪格麗特．莒哈絲（Marguerite Duras）說：「比起妳年輕時的美麗，我更愛妳現在飽受摧殘的容顏。」

現在，輪到她問了：「你過得好嗎？」

他一開始是想裝一裝幸福的，卻還是沒能兜住全面崩塌，當眾醜陋哭泣。

最可憐的人莫過於機關算盡太聰明，到頭來竟是一場空。

這個時候他還在想：這不對，如果必須有人哭泣，也應該是她。但是他止不住。

完全反轉，他還記得當初他讓她怎麼哭的嗎？歲月啊，到底是替她報了一箭之仇，真是大快人心。

她也並不安慰他。只是淡定提醒：「你是這裡下車吧？」

好走不送，我曾經的愛。所有的愛恨哀怨，我都已經放下釋懷。我的心曾經是一片焦黑的戰場，而今幾番春風化雨，這裡又綠草如茵變回春天，更勝從前。

振保下車後嬌蕊是什麼表情呢？她會發一下呆，蒼涼一笑。回頭整一整兒子被振保捲皺的方形翻領，柔聲說：「乖，再堅持一下，馬上就下車看牙醫，看了牙醫，牙就不疼了。」

不騙你，讀書真的會讓你變得更好看

受邀參加一個讀詩會，發現一個有趣的規律：大部分長得好看的人，一般讀得都不會差。注意，這裡的所謂「好看」不是單純指漂亮，而是一種賞心悅目的舒服。

集體讀詩，一排人黑壓壓地站在面前，都不用張口，一眼掃過去，那些能瞬間讓我目光停留的人，直覺告訴我會讀得更好。

果然，當他們張嘴開讀，不會斷錯句，更不會讀錯字，遇到詩單上印錯的，還會自動糾正。一個帥哥讀《紅樓夢》詩詞中林黛玉的〈問菊〉，詩單上把「孤標傲世偕誰隱」打成了「孤標傲世借誰隱」，他一個不易察覺的停頓，按對的發音不動聲色地接住往下讀，那一下真是令人暗自讚嘆。

而這一類人裡的女孩，她們讀詩的時候，聲音不見得激越高亢，沒有令人尷尬的煽情做作，舉重若輕渾然天成。語氣輕柔篤定，輕重把控自如，把那些詩篇一字一句地敲到了你心上。這樣從容的讀法，只有對詩文充分理解的人才能做得到。

她們大多淡妝素裙，表情溫婉，眼神明亮，舉止嫻雅。眉宇間沒有戾氣，周身散發著被書卷浸潤過的清香，令人見之忘俗，怪不得培根說「讀詩使人靈秀」呢。其實細看五官膚色，她們不見得比身邊的其他人好多少，甚至還不如別人漂亮，但整體感覺就是出眾，非常非常有氣質姿態。

提到「姿態」，清人李漁有一段妙論，他說態之於女子，像火的焰，燈的光，金銀珠寶的亮澤，「是無形之物，非有形之物也。」

儘管無形，可是當你真正看到這樣的女子，便覺得「氣質」絕不是個虛浮的詞，「腹有詩書氣自華」的確存在。

讀書能變美，可不僅限於提升氣質。

我和一個姐姐去吃午飯。整整一年沒見，我發現她比去年此時好看了很多。

坐在我對面的她，就像換了一個人。狀態比去年好了不止一個水準，皮膚潤澤光亮，臉上笑意盈盈，整個人精神煥發。回想去年，雖然她正值新婚宴爾，嫁得也很如意，但看上去一臉疲憊，不像是個被婚姻滋養的幸福小女人。

我誇讚她，順便說出了疑惑。她告訴了我原委，去年剛結婚時，她為了努力適應一個好妻子的角色，整個人非常緊繃。身為職場女強人，在忙完一天的工作後，下班後她把新家當成第二職場，飯要自己做，地要自己拖，衣服要自己洗，還要照顧老公和婆婆的情緒，凡事親力親為，所以弄得憔悴不堪。

她老公是有錢人，她的收入也很高，以他們的經濟實力，完全可以請人來做。但是她當時覺得不是錢的問題，是覺得對待自己的家，事必躬親才對。

那現在呢？

現在的她變了。只留下核心工作歸自己負責：跟家庭其他成員交流感情。剩下的，交給家政人員打理。但為了留出私人空間，家政人員可以週六日休息。比如廚師一到五來做飯，週末走之前做一點方便存放的包子餃子之類的就可以，他們想吃什麼再自己做點。

哇，終於想開了？

她說：「其實，是我讀了一點哲學書。」

什麼？這點瑣事需要提到哲學的高度上來對待嗎？

她說就在自己總覺得生活越來越不對勁的時候，父親當年重病離世前在病床上對她說的話，一再在耳邊響起：「可惜呀，妳沒有學哲學。」反反覆覆，如同神諭。

她想大概父親當時已經發現了她認知上的短處，卻沒來得及跟她好好談。遂決定好好買幾本哲學書看看，在讀這些書的過程中，她了解了方法論，明白了世間萬事都有主要矛盾，再回頭看生活的許多問題根本就不應該成為問題，分清主次輕重，把精力放到他人不可替代的事情上來，生活一下子就簡單明晰了好多。

其實很多煩惱本質上不是生活為難你，是認知局限造成了格局過小、處理方式不高明。當你認清生活無非就是發現問題、分析問題、解決問題的過程時，把「大象關進冰箱」就一點也不難。

藉由讀書，姐姐的認知進化，大腦處理系統升級，生活隨之變得容易，壓力一減輕，整個人的氣色和精氣神都好了，所以她看上去變漂亮了。

胡適在〈為什麼讀書〉裡說過：「問題當前，全靠有主意。主意從哪兒來呢？從學問經驗中來。沒有知識的人，見了問題，兩眼白瞪瞪，抓耳撓腮，一個主意都想不出來。學問豐富的人，見著困難問題，東一個主意，西一個主意，擠上來，湧上來，請求你採納。」

讀書，當書中的營養和見識能為我們所用，不論是心胸格局還是處理能力，我們都將不可同日而語。這樣一來，生活這襲華美的袍上那些小蝨子便不足為患。

一樣的煩惱橫亙眼前，別人那裡在哭喊「蜀道難」，但在你這邊，是輕而易舉搞定。強大又自信的人，狀態怎麼可能不輕盈？形象又怎麼可能不好看？

把讀書能變美這件事講得最明晰的是主持人倪萍的外婆，老太太雖然目不識丁，但卻是個生活的智者，說起話來咳珠唾玉，為此倪萍還專門寫了一本《外婆語錄》。

外婆說：「唸書的人不管長得怎麼樣，你仔細看都長得好看。書念得越多，人長得越俊。沒念過書的人眼神是傻的。」

按這個標準，外婆認為讀書人中，美術評論家陳丹青長得好看：「這麼俐落清爽的男人不多了，舊衣服穿身上，就是好看加上好看。人家鼻子是鼻子眼睛是眼睛，長得一點也不糊塗。」

而陳丹青本人，則認為「魯迅先生長得真好看」。因為「先生的模樣真是非常非常配他，配他的文字，配他的脾氣，配他的命運，配他的地位與聲名」。

要知道，魯迅可是每月買書平均要花去近三十大洋，折合成新臺幣一萬多塊的人呢！這麼捨得投資，人家怎麼可能不好看呢？

所以「人醜就得多讀書」。不僅僅是投資重點的選擇和轉移，從整體論的觀點出發，你不好看，有可能是不夠聰明，不是換保養品就能解決的，應該多逛逛書店。藥可以治病，書可以醫愚，順便醫醜。

三毛說過：「讀書多了，容顏自然改變，許多時候，自己可能以為許多看過的書籍都成過眼雲煙，不復記憶，其實它們仍是潛在氣質裡、在談吐上、在胸襟的無涯，當然也可能顯露在生活和文字中。」

所以，親愛的們，別猶豫了，趕緊讀書吧，讀書不僅能讓我們變聰明變強大，還能變得更好看。如果愛美，那讀書這件事，一定多多益善。

擁有鈍感力，是一件神奇的事

我曾經做夢都想擁有一項能力，一直苦求而不得，但最近，忽然奇蹟般地擁有了它。

這種能力就是鈍感力。

與敏感相反，「鈍感力」即指「退鈍的力量」，出自日本作家渡邊淳一。「鈍感係數越高，則對外部反應越遲鈍，同時其敏感度也會越低，人的思維只有鈍感係數與敏感係數相平衡才更容易保持較為理性的思維。」

在人際關係上擁有鈍感力的人，除了對別人的惡意不敏感，還能迅速忘卻不快之事。

我在我的朋友們身上見過這種奇異的能力，那時候我還不行，所以只能表示深深的豔羨。

第一個是M。大前年，我們一起去旅遊，住的房間條件不好，M和我去找櫃檯換房。她語氣平和地講了要求，前臺卻一臉不耐煩，找各種理由推諉，M彷彿沒看到她的臉色一樣，繼續溫和重申，後來前臺翻著白眼給我們換了。我在一旁悄悄觀察M，整個過程中，她始終彬彬有禮，絲毫沒有流露出一點按捺著的怒氣，根本沒有受到對方的影響。事後，她談笑風生地跟我坐電梯上了樓，甚至都沒在我跟前私下抱怨過這個糟糕的櫃檯人員一句。

面對別人顯而易見的無禮，她是怎麼做到視若無睹不影響心情的？我只能頂禮膜拜。

第二個是我的同學E，年薪五百萬的超級企業主管，我發現當她想要闡述自己的觀點時，非常自信，可以滔滔不絕一直講下去，充滿感染力。我就不行，我講一講會看看聽者的反應，如果覺得人家走神或者反感，會馬上調整甚至停下，好像很識相，其實是被干擾了。

第三個是L。她陪我去講《紅樓》講座，講完課我們去吃火鍋。店裡的服務生脾氣很大，送水杯過來，都是「咚」地往我們面前一放就走了。那天我做東，心裡很過意不去，還沒說話，L輕聲說了句：「她這樣子怎麼行呢？也不看看人家平兒」我噗哧笑了⋯我那天講座的內容就是《紅樓夢》中平兒的人物分析。

她緩緩給杯子倒水，沒有動一點氣。

這都是天賦異稟的妙人啊！這等鈍感力我望塵莫及。

多一分鈍感，少一分內耗，隨之多一分幸福。這個道理我早都懂，但是臣妾就是做不到啊怎麼辦？

我天生就是一個敏感的人，很小很小就對身邊的很多人很多事「見微知著」，超過了自身年齡階段的應知應會。以至大人們說話的時候，總得避著我。他們說我「耳朵長」，但是我嘴不長啊！如果我把我知道的很多事抖摟出來，哼，你們當中很多人都別想有好日子過。

我曾經為此苦惱過，和我的敏感鬥爭過、談判過，但都沒什麼用。

後來，我索性接納了我自己的敏感，享受它贈予我的細小的悸動、歡樂乃至創造力，也接受它給我帶來的各種副作用。

想想那位著名的民國女作家吧！做衣服時，只要裁縫扁著嘴一笑，她馬上就覺得自己的料子少給了一兩尺。她終生都在與自己的敏感纏鬥。

擁有鈍感力，是一件神奇的事

唉，鈍感力這東西，可能真的是天生的吧！

我以為自己今生跟鈍感力大概無緣了，強求不來。

但是，不知道何時，它竟然在我身上悄悄生長了出來。

我是怎麼發現它的呢？

那天，我去某公司某部門辦事，對方承辦者對我的態度很差：「妳來幹嘛的？」連跟我一起的同事都覺得尷尬，連忙善意地講：「公司其他人並不是這樣的！」對於那種無禮我明明也感覺到了，愣是沒感覺。

啊，這就是鈍感力嗎？我也有了？我內心狂喜。

現在，我明白我一直想擁有的鈍感力的本質了，它對外界不良性刺激的無感，不是因為心大，而是因為心高。

面對別人的冒犯，不是遲鈍到不知道，而是知道了，但對方根本不值得我付出心理成本。雙方之間的認知壁壘太厚，對面投過來的明槍暗箭根本刺不穿它，所以傷害、疼痛根本無從談起。簡單說就是「用不著計較」。

當我內心還不夠強大的時候，對方一點言語上的無禮，就會引起巨大的情緒反應，

第五章　不要嘲笑女人的憔悴

說到底還是自身免疫力不夠。所以才有別人的一點風吹，就會引起我的草動。

舉個例子，還是說大家都熟悉的《紅樓夢》。

芳官拿茉莉粉代替薔薇硝，騙了賈環。賈環他媽趙姨娘說賈環好歹是主子，哪裡輪得上一個小丫頭子戲弄了？氣勢洶洶找上門來，打了芳官一耳刮子，引來一場十餘人的群毆，丟人丟大了。

一樣的事情，賈環的姐姐探春卻不這麼看，事後她這樣勸自己母親：「那些小丫頭子們原是些玩意兒，喜歡呢，和他們說說笑笑；不喜歡便可以不理他。便他不好了，也如同貓兒狗兒抓咬了一下子，可恕就恕……」

探春給人的印象是個狠角色，向來以「敏」著稱，理家時一眼識破吳新登媳婦給她設的局；抄撿時能就手給掀她衣服的王善保家的一個耳光。然而這次何以願意裝瞎輕輕放過？

因為她自知身分貴重，不會和下人們在小事上一般見識。這就是她的鈍感力，比她的「敏」更珍貴。這種「鈍」，不是二木頭迎春「被針戳都不知道哎喲一聲」的鈍，反而是一種菁英思維式的取捨，像極了蔡康永的那句話：「我得抱著精力留下來，解決對我重要的事情。」

趙姨娘沒有鈍感力，才會暴跳如雷打上門去。就如同沒有鎧甲的人，總覺得進攻才是最好的防守。

有了鈍感力，就可以該明白的時候明白，該糊塗的時候糊塗，生活會變得清爽、節能、高效。

前提是內心強大者才能擁有它，跟體格強健的人不容易感冒一個道理。然而對於天生敏感的人來說，在擁有它之前，真的還有好長一段曲折的路要走。

第六章　無論如何，保持體面

沒錢是不是沒資格擁有愛

世界是一頭大象。

每個人嘴裡描述的世界，都是自己所觸摸到的那一部分。

包括愛情。

我見過一對為愛用盡一切力量的情侶。小G和小D作為醫學院同班同學，朝夕相處了五年。畢業時現實橫亙眼前，其他情侶要嘛紛紛抱頭痛哭揮手作別，要嘛期期艾艾誰也不明說，但心裡知道分手不過早晚，先拖著再看。

小G和小D也面臨同樣的問題。

小G是個大大咧咧的小胖妞，打算畢業後回老家的醫院服務；小D品學兼優，校方有意讓他留校，並承諾幾年以後讓他出國深造。此刻各奔前程也情有可原，或者退一步先各自安好，之後再想辦法團聚。

但這兩人一討論，覺得別的都好商量，就是不能分開。

小D費一番周折才拒絕學校的意思，在小G的鄰近城市找了工作安頓下來，沒過多久，小G也放棄了父母安排的工作，投奔小D去。他們決定結婚。

我被邀請參加了他們的婚禮。

沒有買房，暫時租住；沒有添置傢俱電器，洗衣機和電視都是舊的；沒有婚紗，連禮服都沒有，小G穿了一套淡黃色套裙，價格低到我都不好意思說——千元上下。她甚至都不捨得給自己買一管像樣的口紅，用來化妝的是一支一寸長的口紅樣品，網路上打折買的。

他們是真正的裸婚，只因他們剛剛畢業，身無分文，雙方家境都不算好，他們也不肯增添家裡的負擔。

很奇怪，我竟沒感到絲毫寒酸。新郎英俊逼人，新娘臉上洋溢著幸福的光彩。沒有華服司儀，沒有音樂燈光，婚禮溫馨簡單，愛情是唯一的裝飾品。

我悄悄問G：「委屈嗎？」

G說：「一點也不！有這個人在比什麼都好，物質上的東西，慢慢賺就好。」

他們慢慢買了房，又買了車，彼此事業穩步上升，好多年過去，他們經濟狀況穩定，又生了個粉琢玉琢的寶寶。

小D如今早已是醫院的青年外科專家，對G還是一如既往地寵溺。就如同當初並未擔心小G的劣質口紅會讓自己中毒一樣，他也沒覺得妻子在身無分文的時候跟著他就是個好拐的女孩，如今仍然很恩愛。

實際上，如果一個男人利用女孩的簡單真誠把她輕易哄上手，又以她太好追為由甩了她，他對她，根本就不能稱之為愛情，那只是消遣。

每當聽到有人道出愛情與物質的有關理論，認為得先把自己包裝成值錢的樣子，別人才會死心塌地珍惜自己時，我就忍不住想到小G和小D的故事。

沒錢是不是沒資格擁有愛

凡事無絕對，以我的經驗，這種事有時還得看人品。

每個人都有自己觀察世界的角度和維度，思考得出的結論也許就是自己要去的方向，每念及此，我常常一身冷汗。

那麼，那些沒條件寵愛自己或沒想要寵愛自己的人，是不是在愛情面前就會比較弱勢？

的確，在有些人眼裡，你的樸素是土鱉，你的節儉是寒酸，你對物質生活要求不高代表你沒見過世面——你被他人迷惑又被嫌棄，你甚至不知道自己錯在哪裡。

可在另外一些人眼裡，有可能你的樸素是低調，你的節儉是美德，你對物質生活沒有過高要求說明你適合共組家庭。

同一個你，兩種境遇。這一切，還不是要看你遇到什麼樣的人。

從經濟學角度看，婚姻市場上，供需雙方在這裡權衡比較，期望最終找到適合自己的伴侶。婚姻既然是市場，就應該豐儉由人，不用祭出道德的旗。

但我堅信這類人並不能代表全部。在另一些人的天平上，精神與心靈的契合度占的分量更重。

如果他真的愛你，又不讚同你的生活方式，認為你值得擁有更好的生活，他會積極地幫你改善條件，不動聲色地引導你的品味，讓你增加見識開闊視野，活得更有品質。

我有個朋友，因為家庭出身關係，過得比較粗糙。據說乾燥季節，她身上的低廉衣物總是劈哩啪啦起靜電，她男朋友見了，什麼也沒說，直接帶她去商場跟她從裡到外買了一套品質好的衣服，告訴她：衣物除了款式還要講究材質，貼身的盡量選純棉，這樣對身體健康有好處。

小時候在巷子裡玩耍，無意間聽到一個沒念過書的老太太教訓自己馬上要訂婚的女兒：「現在聘金多要一點，到時候他想反悔，不心疼妳還心疼錢呢！」

所以，當看到類似「讓他幫妳買房，房子寫在妳名下，房貸讓他背著，他就不敢三心二意了」的句子時，我就忍俊不禁，瞬間穿越回童年的那個午後，小巷深處，掉了牆皮的牆根下，精明的老太太拿著一把大蒲扇，邊搧風邊唾沫四濺地對她女兒耳提面命放狠話。

這樣的想法是一種安全感，不只是女性尚未走出傳統價值觀，就連男性也正在被剝削。會有這樣的想法代表社會距離真正兩性平權還有很長一段路要走。

世界如此之大，價值觀必然多元，沒有絕對的對與錯。但不管你是誰，遇到對的人，愛情才成立。

回到物質的話題，如果條件允許，請盡量對自己好一點。一些人想包裝形象來提高在婚戀市場上的競爭力也無可厚非，但要注意凡事有度，別被誤當物質至上的人，嚇跑注重內涵的對象。

如果暫時窮，也不必為買不起而太自卑。名牌服飾配件，急也急不來，憑能力一樣一樣慢慢賺。全盤接納當下的自我，不嫌棄也不焦慮，才是真懂得從根本上愛自己。

想擁有真正的愛情，靠的是我們自身的光芒，與我們有相同頻率的人會被吸引。那些不足，正好幫我們篩選掉那些不適合的人。

願我們都能遇到對的人，承接得住對的愛情。

你這麼軟弱，還是別離婚了

我家親戚裡有兩對老夫妻，都是兒女雙全，不愁吃穿。但日子卻過得截然不同。

第一對老夫妻，老頭手腳勤快，性情溫和，很會疼老婆。有一次我到他們家去，嚇一跳，兩個人在家看孫子，這倒沒什麼，關鍵是一下子看三個！地上跑著個兩歲的，懷裡抱著個七個月的，床上還躺著一個四個月的。兒女們忙上班，把孩子都送來了。

如果是一般人，這不得手忙腳亂成一鍋粥呀！但是他們卻並沒有。兩個人分工合作安排得井井有條，到了吃飯時間，老頭手腳俐落，沒幾下就把飯做好了，和老伴換班吃飯，滿屋子笑語喧嘩，牙牙學語聲。大概是感染了爺爺奶奶的好心情，三個小傢伙都很乖很活潑。

我要走時，老太太一定要我帶點好吃的走，我覺得人家已經很忙了，說什麼也不要，便跑了出來。老太太跑出來追我，我跑多快她跑多快，一直在社區裡追了我五六百公尺，追到我跑不動為止。

真丟人，被一個七十歲的老太太打敗了。

我氣喘吁吁地看著老太太：臉上雖然有了皺紋，但氣色紅潤，眼睛明亮，頭髮大部分都是黑的，真是一個漂亮健康、有福氣的老太太。

我不由得想起了第二對夫妻。

第二對比較年輕，比前一對小個十歲左右。雖然家裡只有一個孫子，但氣氛總是很緊張，每次我去他們家都不想多待。

老先生是個不懂體貼的人，在家裡茶來張口飯來伸手，瓶罐倒了都不扶，老伴忙得團團轉，他都不會幫忙，成天對老婆挑三揀四，嫌她伺候得不好，嘴還又臭又狠；記仇，三四十年前老婆哪次端飯給他，飯碗放得重了點，都要時不時拿出來在嘴裡嘮叨；老婆病了，從不關心，生活照常，好像和自己沒關係。

老婆和他過了一輩子，苦了一輩子，吵了一輩子，累得心力交瘁。六十剛過，已經滿頭白髮滿面憔悴，身體也很不好。

好的婚姻會給人滋養，而壞的婚姻不但損耗人的精神，也會摧毀一個人的身體。長年累月的不幸福，會讓人早早走向衰老，甚而影響健康和壽命。

我曾經斗膽問這個阿姨：「既然不幸福，為什麼沒離婚？」

她說：「當初是因為孩子們都小，他不肯離，周圍人都站在他那邊離不了。現在離吧，都這把年紀了，離了別人也笑話。算了，這輩子就這樣吧，等死就好了。」

我原來住的社區鄰居A，她的婚姻故事頗值得玩味。

A屬於比較會搞怪的那種人，穿衣化妝、言行舉止都很出位，凡事都要出頭，典型的表演型人格，常出各式各樣的問題。老公比較憨厚老實，沉默寡言，聽說當初追她也是下了重本的。

但結婚沒幾年，A卻提出來要離婚，理由是：「老公太無趣，日子過得索然無味。」

周圍人有勸的：「妳老公是個好人，要珍惜呀，不要不知足，夫妻嘛，一起過日子，平平淡淡才是真。」

也有質問的：「人家一沒出軌，二沒家暴，又沒犯什麼大錯誤，妳憑什麼要離婚？」

還有背地裡罵的：「你看著吧，她這麼做作，會吃大虧的。」

但A還是義無反顧地離了，一單身就是好多年。這期間她前夫都再婚生小孩了，一家子其樂融融，比得她形單影隻。

A後來再婚，新老公我正好還認識，這男人平日裡喜歡呼朋引伴拉關係喝酒，替人介紹生意從中獲利，用古語說就是「江湖掮客」。這一對夫妻，大家都在背地裡說他們是「醜人多作怪」。

看A的臉書，也是畫風清奇。經常晒一些五花八門軟體修圖的夫妻合照，一下在海底遨遊，一下上了大樓廣告，一下是小貓小狗裝可愛，一下是皇上皇后君臨天下……修圖軟體都要玩壞了。最搞笑的是，晒幸福晒得很做作，在機場蹭了個貴賓室坐坐，都要合影配文字上傳臉書，唯恐人不知道，滿滿都是「我過得高級幸福要昭告世人」的姿態。

說真的，她許多的自以為高級幸福，有時候看上去反而是低層次的。

有一次坐火車，恰好就遇到他們，正好坐鄰座。A現任老公一見我就開始唾沫橫飛地吹牛，好像國家形式世界局勢盡在他掌握，沒有幾句是真才實學，我都要尷尬死了。但是A一臉崇拜痴迷地聽著，少女心加上星星眼，那種「我老公好淵博，我老公好厲害」的感覺真不是演的。

A老公好不容易剛停下，就輪到A了，她開始幫我算命，一下看手相，一下看面相，一下排八字，一下問星座，弄得我哭笑不得。一瞥眼看到她老公，正欣賞地看著她，滿眼寵溺開心，還在旁邊幫腔，就差說「老婆妳好有才華」了。

沒錯，這是一對活寶，但人家的幸福卻如假包換，婚姻好不好，女人的臉騙不了，A溜光水滑桃花般嬌豔的臉蛋說明了一切。

什麼鍋配什麼蓋，什麼人自有什麼人愛。貴在適合。

第六章　無論如何，保持體面

好的婚姻關係，有的像雞湯，滋補綿長，如同我前文裡提到的那一對七十多歲的老夫妻；有的則像臭豆腐，別人聞著臭，自己吃著香，比如眼前這一對。

我開始佩服A當初勇敢恢復單身的決定。沒有當初的果決，就沒有如今的幸福。否則，這世上不過多一對貌合神離的夫妻，哪有現在的各自安好，皆大歡喜？從某種意義上說，「任性也是一種美德」。

下車分別時，我由衷地祝她幸福。她拍怕老公的肩膀，大言不慚地對我說：「終於等到他，不枉我單身那麼多年。」自傲一如既往。

別人眼裡的不成調調，才最是人家的成調之處：不為別人的議論所左右，只對自己的幸福負責。

我記得小時候看過一篇小說。寫的是一個八十歲的老太太鬧離婚的故事。具體情節忘了，只記得老太太年年來法院要求離婚，老頭子打死都不離。鬧了很多年，當然最後還是離了。

小說裡寫，在拿到離婚判決書後，老太太走出了法庭。法官驚奇地發現，老太太的背影比之前都挺拔了許多，人也一下子年輕了。離婚讓她如釋重負。

如今身邊的許多女性，賺的不比男人少，工作不比男人差，經濟完全能夠自立，卻願意在已經死去的婚姻裡死撐到底，靠慣性被動推進生活。

我遇到一個案例，B跟老公感情不好形同陌路很多年，誰都看出這婚姻已經名存實亡，連男方的家人都出動了，勸她離。

B跟身邊一個大姐商量，大姐卻說：「妳離了婚，可就再也找不到適合的了。」說得好像她現在這個老公有多適合似的。

其實據我所見，身邊許多離了婚的女性，並非大眾媒體所渲染得那麼慘，離婚也沒那麼可怕，有人找到了對的人重新出發，有的人雖然單身，因為擺脫了枷鎖，也活出了輕鬆和精彩。

反倒是一些原先裝模作樣的男人，離了婚之後很潦倒。再說了，就算暫時沒找到對的人，也不見得慘。因為高品質的單身，好過低品質的婚姻。

不敢離婚，本質上是源於對未知的恐懼不敢邁出這一步，就像穿慣小鞋的人也會害怕光腳走路，所以寧可要一個形式上的家庭，在泥潭裡打滾空耗青春。

也許，拋開其他因素，除了害怕單身，更害怕別人看自己單身的眼光。就像B，她都不敢想像父母聽說自己離婚後的反應。

主動離開糟糕婚姻的人都很堅強，如果太軟弱的話，還是別離了。因為以你的軟弱，你離了也過不好，說不定離了就後悔。

我不是用激將法鼓勵離婚，這種事不能意氣用事，畢竟每個人的情況不同，要承認個體差異和局限。婚姻自由，原本就包括結婚自由、離婚自由，以及不離婚的自由。

我對那些勇於結束錯誤婚姻開啟生活新模式的女性報以熱烈掌聲，但「離婚就一定能獲重生」的偏頗言論也不適於所有人。

再講一個我看過的故事吧。

女主角忍了糟糕的老公一輩子，畢生夢想就是和他離婚。她每天寫日記，日記裡是老公這多年的劣行的紀錄，充斥著對老公的恨意。她想如果自己死了，女兒看到這一櫃子充滿怨氣的日記，一定會大吃一驚。

結尾是，就在她下定決心提出離婚的那一天，女兒神祕兮兮地把她請到了飯店，去了以後看到高朋滿座，賓客如雲。

女兒說：「今天是妳和爸爸的金婚紀念日！」

「我跟這個人已經過了五十年了嗎？」她才反應過來。

在音樂聲和如雷的掌聲裡，他們被大家拱上了臺，接受大家的祝福，很多人在臺下感動得熱淚盈眶。

她哭了。他也哭了……

其實追根究柢，對於那些身陷無藥可救的婚姻裡的女性而言，離不離婚其實就是一場事關內心幸福與現實利益的博弈。一生很短，願你想清楚自己最想要的是什麼，然後，落子無悔。

無論如何，保持體面

好幾年沒聯絡的朋友A給我打來電話，詢問賣房子的事。

我問她怎麼好好的想賣房子？

她語氣平靜地說了一句話，卻像在我耳邊響了一聲炸雷。

她說她老公沒了。

我問：「什麼時候的事？」

她說：「就前幾天，在酒店意外去世。」

她簡單講了一下過程，很多細節含混而過。成年人的教養就是「你不說，我就不問。」

我只問出殯了嗎？

她說已經入土為安，除了給她留下一個未成年的孩子，還有一大筆債。

多年前她為愛情丟了公務員的穩定工作，背井離鄉跟著他來到異鄉，在家相夫教子的同時也沒閒著，順便做點小生意貼補家用。

我還記得那年與她初識，她剛買了新房子，充滿了對新生活的憧憬。對尚在懵懂期完全沒有發言權的我，說起為婚姻做出的犧牲，臉上會有一種複雜的表情。

她的眉毛總描得精緻，很美。

後來我離開那座小城，她打過幾次電話說等有時間來看我，總說來也總不來，漸漸沒有了消息。再聯絡，竟傳來這樣的消息。

「成年人的世界，沒有消息就是好消息。」這句話，是真的。

巨大的債務面前，她顯然顧不上悲傷，我也沒有怎麼安慰她，當務之急是先解決眼下的財務危機，我們在電話裡開始商量對策。

歲月終於把我們打造成了務實而堅硬的人。

她的臉書裡，除了賣東西和雞湯正能量，看不到悲傷的痕跡。

畢竟生存是第一要務，而眼淚是人後的事。

想起之前朋友B打電話給我，也和房子有關。她說自己把舊房子重新裝修了一遍，還留了間房給我，隨時去住。

我說：「那裝修期間，你們住哪兒？」

她停了一秒，淡然道：「我離婚了，離了有一段時間了。」

我想拖了好幾年，還是離了。原來結婚離婚都一樣，講究瓜熟蒂落。

她說她回到家，平靜地向父母宣布這件事。

她對他們說：「我過得挺好的，有房有車能賺錢。唯一的不好，就是擔心你們認為我過得不好。」

讓那個傷害自己消耗自己的人離開，房子裡該扔的扔，該換的換，貼壁紙鋪地板，打造成一個煥然一新的小窩。然後面目平和，波瀾不驚地讓生活繼續。

第六章　無論如何，保持體面

關於離婚，我們在後來的聊天裡再也沒有提及，彷彿是拔掉了一顆長歪了的智齒，不值一提。

現在的女性到底是不同了。

婚姻發生意外狀況，不管是喪偶還是離異，對一個女子來說，不是該不顧一切地呼天搶地暈過去，或者逢人就像祥林嫂一樣說「我傻，我真傻」地痛心疾首嗎？現實未必如此。

因為大家都達成了某種默契：婚姻只是生活的一部分，不是全部。只有在心裡不將之視為全部依靠，當它坍塌時，自己也就不會跟著崩落。

網路上曾經瘋傳一句話：「原想找你遮風避雨，沒想到後來的風雨都是你給的。」道出了當下人們對婚姻普遍的深深失望。更多的人，活得更諷刺，明明在婚姻的傘緣下走著，其實半邊肩膀被淋得溼答答，進退不能。

很多人被逼著成長，而成長太快，會替婚姻中的自己不值。

我們終於明白，所謂的婚姻中的攙扶，也許是老年以後的事，在漫長的大部分時間裡，是一場兩人三腳的捆綁式長跑。

一個人懶惰，另一個人就得格外辛苦；一個人太快，另一個人就得疲於奔命；一個人跌倒，另一個也會被牽連跌倒。

婚姻猶如黑社會，沒有加入的不知其可怕，身在其中的又不敢道出它的可怕。

所以沒事別勸人結婚。

再講C的故事，全職二胎媽媽。本以為歲月靜好，不料有一天老公竟然跟女同事私奔了，給她留下一紙離婚協議書，一個上小學的兒子，一個未滿周歲的女兒。生活無以為繼。

她跟社會脫節多年，也沒什麼專業技術，想來想去，不如從自己最擅長的做飯做起。

她把兒子送到安親班，女兒找了社區中的阿姨白天照顧，自己開了一家羊肉麵店，結果生意非常好，每天忙裡忙外，見人說說笑笑，彷彿那個男人根本沒在生命裡出現過。

戲劇性的一幕發生了，半年以後，她老公在外面漂得辛苦，跟小三分手，捎信說要回來。

我不知道她答應了沒，但是很顯然主動權已經握在她自己手心裡。

當婚姻出現意外時：對A來說，她顧不上哭；對B來說，她用不著哭；而對C呢？一開始是顧不上，現在是用不著。

什麼才是安全感？是愛，錢，還有健康，缺一不可。

所以「沒有很多很多的愛，有很多很多的錢也是好的，再不濟，還有健康。」

當愛沒有了，錢和健康還在，就不算輸到底。

這個道理，我的朋友ABC們，應該有最切膚的感受。

「免我飢，免我苦，免我顛沛流離，免我無枝可依」，這可真是想得美。當下社會，結婚不再是保險箱，而是風險和變數。

所以我勸你，早上醒來，數一數自己帳戶上的數字，設想一下如果意外狀況發生，你自己能負擔多少，覺得不夠，爬起來，滾出去賺錢。

晚上躺下，摸一摸自己的身體，有多久沒有體檢和鍛鍊，想想自己對家人未盡的義務，如果自己出現意外，他們有多少承受能力？至少不要給人添麻煩，更不要留一個爛攤子讓別人收拾，這是做人最起碼的責任感。放下手機好好睡一覺，明天又是新的一天。

有一些問題不會因為結婚變少，反而更多。說不定未來婚姻制度終將消亡，原因之一就是女性不願意結婚了。可惜我們現在還只能走在試錯、改錯的路上，為後來者用血淚澆灌路標。

單身的不願意結婚的就別結，不用管別人說什麼，因為說話的人到時候不會替你受苦。

婚姻中的人，如果被婚姻中突如其來的意外打臉，盡可能表情保持體面，而要做到這些無非是兩點：一有錢，二不慌。

像對待一個課題或者工作專案一樣，把現實難題逐一攻克，別辜負我們受過的苦和讀過的書。哭哭啼啼沒用，怨天尤人無益，只會給圍觀者帶來談資。

別人等著看你灑狗血，你就沉默著從他們面前走過去，身上帶著香。

魏姐示範如何對待前任

「你還記得那天漫天大雪，你和爾晴站在一起，如同一對璧人，從天起，我就對自

己發誓，從此揮劍斷情，見面不識。所以，請你離我越遠越好。」

《延禧攻略》裡，已成為令嬪的魏瓔珞，面對不甘心不釋懷的舊情人傅恆，說出這樣一段話。

看到這裡，你就明白，這樣的女孩，再怎麼樣，她們的日子都不會過得太差，因為她們不會糊塗，任自己陷入被動尷尬的境地。

相比於放不下她的傅恆，她顯得口冷，心硬，無情。但是越往後看就越知道，唯因如此，在猜忌多疑的乾隆眼皮子底下，才保住了兩個人的平安無虞。否則呢？兩個人若再藕斷絲連落在無風尚能起三尺浪的後宮眾人手裡，豈不是自尋死路，遲早人頭落地。

自尊自愛，方能自保。

魏瓔珞身上，有以感性著稱的雌性動物身上很稀少的特質：感情上分明。

就這一個優點，會讓她們規避掉許多不必要的人生耗損：被人唾罵，聲譽上的汙點；無可辯駁，道德上的缺點；還有情路折返帶來的坎坷，以及最後留下滿身滿心的傷痕。

常常有人寫信問我：分手後，「羅敷自有夫，使君自有婦」，還要不要和前任聯絡？

要我說，如果不是有業務必須要往來、有錢必須要一起賺，還是少有來往吧！「從此分兩地，各自保平安。」活著已經如此艱辛，得不償失的事情盡量少做。在瑣碎疲憊的生活空檔，把所剩不多的愛的力氣，留給合法合理的人。

《延禧攻略》這部戲之所以好看，是因為在古裝戲的表皮下，有現代的理念。

傅恆的婢女青蓮，如此評價魏瓔珞：「她能在短短時間升為令嬪，說明她是一個識時務的人。這樣的人，通常都是聰明人，知道過去不可追憶，只會一直向前看。這樣的聰明人往往是無情的，因為過去的一切美好，都會被他們丟棄。」

「聰明」加上「無情」，一個人當然會走得又快又穩。能把握機會，還從來不犯感情上的低級錯誤，自然成為人生贏家。

「聰明」加「無情」，翻譯過來就叫「理性」。

心理學教科書上有這樣一句話：「人的一生應該坐在理性上，左手握住些感性，右手握住些悟性，如此這般，大概可以活得平穩快樂。」記住啊，要主次分清，不能本末倒置，共勉共勉。

痴情的傅恆也認同「瓔珞是個永遠只會向前看的人。」

第六章　無論如何，保持體面

「棄我去者，昨日之日不可留；亂我心者，今日之日多煩憂。」要懂得為自己的情感減輕負擔。

再說，一個人對自己的明天有信心，自然有魄力對昨日往事做果斷的切割。有的感情，不管當初如何銘心刻骨，但過去了就是過去了，兩岸猿聲啼不住，輕舟已過萬重山，刻舟求劍就是笑話。

誰離了誰都能活，沒有誰不可替代。也許我們喜歡的根本不是一個人，而是一類人，只要你的眼光不歪，從這一類人中任選一個，估計過得都會差不多。

「一個合格的前任，就應該像死了一樣。」說的就是各自安好，彼此不再打擾。說忘不掉，其實就是執念，如果想忘，你會找出一百零一種方法來覆蓋過往。再愛，也是過去了。亂花迷眼時，我愛那個能愛的人；但當塵埃落定以後，我只愛這個該愛的人。

我能想到的最爽快的前任對話，是這樣的：

「分手以後，你想過我嗎？」

「沒有。做夢都沒夢到過。」

全職主婦不賺錢？那我們就來算筆帳

全職主婦歷來都是女性鄙視鏈的末端：「安全感還是要靠自己給，所以，女人一定要有工作，一定要自己賺錢。這樣一不和社會脫節，二讓自己有保值升值空間，最最重要的是，一旦婚姻出現變故，不會兩手空空，流落街頭，那真是太慘了！」

這樣的句子看得都膩了。

從女性自身抗風險的角度出發，這說法一點沒錯，但全職主婦真的不賺錢嗎？連帶著很有一大批男人，也大言不慚：「我老婆不賺錢，全靠我養。」

呵呵，我們來算一筆帳，看看主婦們要做的家事到底值多少錢？一樣一樣掰開來揉碎了地算。

大部分全職主婦並不好命，事事要親力親為。先說做飯。

如果家裡沒有主婦一天三頓熱湯熱菜葷素搭配地端出來給你，肚子餓了請你就要叫外送或到外面買。按最低標準，平均早飯五十元，午飯一百元，晚飯一百元，吃飯一天需要花兩百五十元，萬一你哪天想改善了，早餐再加上一個茶葉蛋，午餐晚餐都多買一罐二十元的飲料，那就是三百元（雞鴨魚肉你想都別想）。主婦在家做飯的薪水，每天按三百元計算，太便宜了。

再說洗衣服，如果沒有她認真刷你的襯衣領子，搓你的臭襪子，按顏色深淺把你的衣物分類扔進洗衣機，洗完了再一件一件抖平晾乾，再給你熨燙平整，那請把你的衣服拿到自助洗衣店去洗。如果你衛生習慣普通，一週至少也要去兩次，一次洗衣機是二十元，烘乾十分鐘要十塊錢，假設烘乾衣服需要三十分鐘，請人燙平一件十元，一週共有十件衣服。一週總共兩百元左右，平均下來，一天差不多是三十元。

還有必不可少的清潔工作，全職主婦每天至少需要一個小時來打掃環境，如果把這項工作外包，大約是每小時兩百元。

如果你家有上幼稚園或上學的小孩，那早送晚接，上各種補習班才藝班，需要僱專用司機，按照時薪一百六十八，交通時間算兩小時，一天至少三百三十六元，還沒算油錢。

孩子每天的功課輔導，就目前價格我專門採訪了一下做老師的朋友，一對一家教每小時三百到五百元不等。主婦們每天要花時間督促、陪寫作業，按老師要求簽字、檢查，甚至聽寫，教育程度高的父母還會再幫孩子拓展閱讀量，每天要花兩個小時。這一項取中間值按單價四百元計算，每天八百元。

把這幾項最基本的工作估價統計，以一天花費計算，每月折合新臺幣是四萬三千九百八十元。

還有上街採買跑腿費，替你去看你爸媽的探視費，家庭成員生病的陪護費，或者孩子犯了錯被老師叫去唸一頓的精神損失費……這些值多少錢？

什麼？你說反正你走不開她正好閒著，做這些剛剛好？

時間對每個人都是一樣的，怎麼到你這裡就金貴到她那就廉價了呢？這些瑣事就算你找個朋友幫忙，事後也得請人家吃頓飯還個人情吧？你把請人吃飯的預算折算成錢給她了嗎？

你會說：「都一家人了還要什麼錢？那麼做不是太見外了？」那你說「我老婆不上班，要靠我養。」這話是什麼意思？請你解釋一下。

說難聽點，把她的家事折合成現金，每月這麼一大筆數目你付得起嗎？大部分的人恐怕會有些吃力吧？

你用一個「太太」的稱謂，僱用了一個一生無休的全天候保姆、廚師、清潔工、洗衣工、司機、家庭教師等等集多功能於一體的女人。

第六章　無論如何，保持體面

你說你養她，那你敢讓她罷一週工嗎？除非你向外購買服務，否則你們家的生活會基本停擺：地不會自己變乾淨，飯不會自己跑上桌，孩子也不會喝著西北風自己長大。

準確點的說法應該是：你拿錢回家，她替你養家。

我表姐不上班，全職在家照顧兩個孩子，姐夫在外做生意。有一次去她家吃飯，姐夫那兩年賺了點錢，一時在飯桌上得意忘形起來，他開玩笑地對著姐姐和兩個孩子說：「你們幾個，全都是吃喝我一人的！」

我姐聞言放下了筷子，正色道：「來，說一說，我們吃喝的都是誰的？」姐夫覺得她臉色不對，連忙嬉皮笑臉舉著姐姐新蒸的饅頭道：「這蒸饅頭的麵粉不是我買的？」

姐姐立即反問：「那你怎麼不去吃你的麵粉，吃饅頭幹什麼呢？」又指著盤子裡的菜道：「這菜也是你的錢買的，你怎麼不直接放嘴裡吃，要等我炒熟了才吃呢？」

姐夫答不上來了，只剩一臉訕笑。

永遠不要忽略家庭主婦們的價值，更不要無視她們的辛苦，抹殺她們的功績。

之前聽過有人提議「要立法發薪水給家庭主婦們」。引起一片譁然，最後不了了之。人們不能接受這樣的提議，包括很多女性也覺得多此一舉：「我們家的錢都歸我管了，有必要嗎？」

有必要。因為還有很多女性在家庭裡不但沒有經濟權，連話語權都沒有。她們每天很辛苦，還要被老公以不賺錢為由嫌東嫌西，頤指氣使。

每一份工作都有它相應的價值，當許多人還沒認識到做家事的辛苦，這樣的行動會讓社會重新正視家庭主婦這個群體。

如果社會真的有這樣的制度主婦們現在就可以拿著自己工作所得的錢對自己好一點，毫無愧疚感地去買一點自己真正喜歡的東西；或者豪爽地對送老公一份人情：「你賺錢不多，這個月你欠我那四萬就算了。」光想想就很爽。

你以為這樣只惠及全職主婦？錯了，它對在家庭和事業之間來回奔忙的女性同樣功德無量。

當做家事被市場合理地標價，認為做家事就是女性天職的先生們會多一份自省和心虛，從而願意主動分擔一點家事。

世上的工作沒有誰該誰不該。從前，女性沒條件接受教育走上社會，沒辦法靠工作來養活自己，只好把家事全包，「男主外女主內」的分工沒什麼大問題，總要為家庭做

第六章　無論如何，保持體面

貢獻嘛！

現在好了，女性能夠與男性相當，可是跟從前相比，為什麼大家都覺得更辛苦了呢？蠟燭兩頭燒，忙完了職場還要忙家裡。於是新女性標準產生了：「上得了廳堂，下得了廚房，殺得了木馬（電腦病毒），翻得了圍牆，開得起好車，買得起好房，鬥得過小三，打得過流氓。」

這個標準不知誤導了多少女性，好像我們只剩下一條路可走，那就是自己不停地擴大記憶體增強能力，恨不得一下子長出八隻手，像個陀螺一樣轉轉轉，才是解決困境的唯一出路。

這種逞強裡帶著無奈，就像玩遊戲的人，不斷升級更新，卻永遠也贏不了。

因為你不是制定遊戲規則的人。

如果規則制定權始終不在手裡，被玩死也沒人救你。

與其帶著一腔孤勇進行遙遙無期又艱辛的奮鬥，不如換個思路，從另一個角度重新審視問題。

讓他們在自己的規則裡玩吧，我們不奉陪。

這個「不奉陪」包括了在提升自己的同時懂得為自己減輕負擔，家事該分配給老公就分配，該外包就外包，誰要是拿以前的標準衡量妳，說「不是賢妻良母，不是好女人」，只需要給個背影讓他們自己體會。

包括了學會理性思考問題，不要一味問「怎麼辦」，而是問「為什麼」，知道了為什麼，怎麼辦就不是問題啦！

包括了該學會為自己的群體不斷發聲，每一隻蝴蝶搧動翅膀，也許就能造成颶風。好過一點是一點，總比活活累死好。

當我對閨蜜說，我要寫一篇關於女性做家事價值的文章時，她舉雙手熱切盼望，因為她忍她爸已經很久了。

她爸這兩年身體不好，全靠她媽照顧。她媽每天忙前忙後累得半死，她爸永遠一副心安理得的樣子，還總覺得她媽照顧得不夠好。

她爸還是個守財奴，恨不得把錢串在肋骨上。

閨蜜提醒爸爸買生日禮物給媽媽，但是她爸說：「你媽自己也有退休薪水。」

閨蜜說：「媽媽照顧你這麼辛苦，你應該對媽媽有所表示。」她爸居然說：「她是我老婆，伺候我就是應該的。」

這就是現狀，有不少男人的大腦還是一百年前的構造，但在錢的問題上卻異常精明，他們把對外需要付費購買的服務，變相轉移到家庭內部的女性身上，無償享受，還不忘用道德的鍋蓋扣對方一下。

每一項工作都有其自己的價值，應該得到相應的認可和回報，不管是物質還是精神。那些說做家事是女性天職，家庭主婦不賺錢的人現在是時候好好想一想了。尤其是我閨蜜她爸那樣的人。

一個人變討厭，是從喜歡說「我是為你好」開始的

大概每個「雞湯」故事，都喜歡以「我有一個朋友」開始。嗯，那麼，也讓我就從「我有一個朋友」這裡開始吧。

我有一個朋友，從去年到現在，她一直賦閒在家，當然人家的賦閒是有收入的，而且還不菲，更重要的，是合法的。之前那麼忙的一個人，現在忽然有了大把的時間，來研究做吃的。家裡平常也就兩個人吃飯，但上個月她家光買食材的錢就花了五萬多。

除了做吃的，她還開始健身，我上次見她，肉眼可見人扁下去了，問她訣竅，她答曰：「蹭尖尖的」。

什麼？

在社區裡找一個上面有凸出的健身器材，把背靠上去上下來回蹭，據說能治脊椎病。每天早上蹭的人可多了，有時候大家還排隊，她還得和一幫老頭老奶奶搶。

我有點崩潰。沒辦法想像一個高知識、眉眼清亮的女生，現在竟然熱衷於和一幫老人搶一個健身器材尖尖，搶到了就開始背對著摩擦摩擦的滑稽畫面，我寧可她和他們一起去超市、藥房裡排隊領藥。

這簡直是墮落，不能忍。

我不止一次地旁敲側擊：「親愛的，這不該是妳的生活，根本沒辦法展現妳的價值。妳應該好好規劃一下接下來幹點什麼，這樣天天窩在家裡吃吃喝喝純粹是浪費青春光陰，我不信妳能甘心。」

最後一次說這話是前天，彼時正喝著她做的粥，吃著她削的梨。

她笑嘻嘻地答道：「可是我真的喜歡我現在的生活，不想見誰就不見誰，不想理誰

就不理誰，想幹什麼幹什麼，終於實現了人際關係自由。從前在工作單位身兼要職，不能輕易得罪人，遇到再討厭的人都得親親熱熱和和氣氣，真累。」

她最後領情地說：「我真的覺得現在很好。謝謝妳啊，親愛的，我知道妳是為我好。」

我想就這個問題我該永遠閉嘴。一定是毒雞湯喝多了，狹隘地認為人只有工作才快樂。

腦子裡這時有另一個聲音說：「誰告訴妳只有工作才一定快樂的？」工作最大的可見好處是能增加人的安全感，至於快樂，那倒不一定。

我爸之前總嘮叨讓我回去上班，說總沒工作不是辦法。我說我在家寫字也是工作，他說不是，不去打卡上班的人就叫沒工作！我默默地翻了翻白眼。

在「勸人好」這件事上，我和我爸本質上沒什麼區別。

想當然地認為別人過得不好，比想當然地認為別人過得好還膚淺。個人的生活經驗不見得適於別人，在給別人建議這件事上，一定不要想當然。

打著為別人好的旗號，灌輸自己的價值觀，真的是挺討厭的。

可長點心吧我。

我還有一個朋友。我們非常非常不同，不同到周圍的人看我們在一起就覺得違和。她不止一次跟我提起，她身邊總有人問她，為什麼和我會成為朋友？言外之意我聽得出來。我從來沒告訴過她的是，我身邊也有人總問我，為什麼和她會成為朋友，明明看上去根本不是一類人。

我們是頂著各方壓力做朋友的，這比愛情還感人。

我們不一樣我們自己不知道嗎？從飲食到穿著，從擇偶到理財，從小的生活習慣到大的人生觀，全都不一樣。

但我們從十幾歲就認識到現在，矢志不渝地走了二十年，從來沒有丟開手，就這麼一起在人海中浮沉。

我們相識於微時，這裡的「微」指的是年少單純。那時人生觀都還沒有定型，自己都還沒標準，哪裡懂得嫌棄別人。再晚幾年認識未必會成為朋友，因為我們已經有了標準，會去苛刻地甄別篩選。

我們稀裡糊塗地趁著雙方心地開闊混沌的時候，像種小樹苗一樣把對方互相種在心裡，現在這棵樹各自長成了各自的樣子，明知道品種不同，但要拔除，疼痛的首先是泥土。所以，也就只能這樣了。

會互相看不慣嗎？那是當然的。要不然她也不會跟別人如此解釋：「我們是求同存異。」聽起來簡直就像是在一堆沙礫裡面挑豆子。

我們之間最大的「相同」，就是從年少時起養成的習慣：不干涉對方。

上個月我們一起出去旅行。從旅行一開始，她就不停地吃東西，我睡覺前就看到她在吃，第二天一早我醒來，看到她還坐在我床頭吃。她喊我一起吃，我斷然拒絕。

我覺得她不自律，她覺得我無趣。和在很多事情上一樣，我希望她謹慎、節制、有把握地去嘗試，她希望我勇敢、熱情、放下包袱地去體驗。我悲觀，她享樂，沒有褒貶。

其實我很想說「親愛的妳不能再吃了，妳的身材需要管理了。」但是沒有，我知道說了她也不會聽，還弄得雙方都不開心。都是成年人，利弊大家都懂，重要的是看自己選擇什麼優先。

還有很多事，我都想給她建議，但由於習慣使然，我一如既往地保持緘默。

她曾經說了一段話深得我心：「妳有些做法我不認同，相信我也有很多地方讓妳很討厭。我知道妳有很多話忍著沒說，但說了大概我也不會聽，大家就這麼各自往前走，誰掉坑誰倒楣囉。」

通透。選擇什麼樣的活法，都是願賭服輸，落子無悔而已。作為旁觀者，應該放下成見，尊重接納別人與自己的不同，參差多元才是生命的本來形態。如果大家都一樣，世界該多麼單調。

你越遼闊，世界越開闊。

「我將來就是到六十歲，我也不會跟人家說：哎，你知道嗎？……」

當我們以為可以給其他人一些人生經驗的時候，我們就開始變得討厭了。

「我是為你好」，本質上是自以為的「為你好」。

有沒有一種可能，在我們的潛意識裡，是借著「為你好」的名義，來證明自己的價值，刷一波存在感？來干涉別人，擴大自己的想法陣營？甚至，在靈魂的世界裡黨同伐異，只為了讓眼前的世界更順眼一點呢？

否則，怎麼解釋當別人不聽勸的時候，我們那麼憤憤不平？

這樣看來，那些口口聲聲說著「為你好」的人，其實很自私霸道。

嚴歌苓說自己在家從不嘮叨孩子，如果有些問題她發現就發現了，多說無益，只會讓人討厭。

「我不想成為一個讓人討厭的人。」她說。

當我們越來越老，面對比我們資歷淺的人，就要時常心存警惕：可以教工作方法，可以教業務技能，但千萬千萬別唾沫星四濺的給人講人生道理。給「術」就可以了，千萬別「傳道」，「道」靠人自己悟。一代人與一代人不同，你辛辛苦苦積存了十年二十年的人生經驗，可能已經過時，根本行不通。

孔子說：「忠告而善道之，不聽則止，勿自辱焉。」相形之下，越顯得「我是為你好」這五個字油膩。

都是普通人，能獨善其身已然很難，別人的事不判斷，少淌渾水。年紀越長，越要警惕自己的人生經驗給自己抹黑，對人生多一份三緘其口的敬畏，省得別人面上笑嘻嘻，心裡偷罵你。

有那工夫，把注意力放在自己身上，專注地朝著目標前進。當你自己活成了一道星光，暗夜裡的人們，會自然地覓光而來，勝過你的萬語千言。

對自己不好，是要遭報應的

前一陣子，我差不多逢人就挺著脖子炫耀：「見過這麼大的淋巴結嗎？見過嗎？」我的頸部淋巴結，已經腫到像蛋那麼大，白天轉頭費力，牽扯得肩背肌肉都疼，晚上睡覺翻身都困難。一開始高燒，好不容易降下來，變成了天天低燒，足足燒了一個月。

前前後後跑了六七家醫院，吃藥打針輸液都不管用。

腫瘤科醫生一看就說：「馬上做穿刺，不要等了。」結核病專業的醫生則一見就說：「先做個結核菌素試驗排除一下」，另一個大醫院的醫生則建議我去更大的醫院做進一步檢查……亂了亂了全亂了。

檢查一樣樣做過，沒有發現問題到底在哪。

大家都覺得：明明有問題，卻總檢查不出來，有可能是大問題。

比病更讓我有壓力的，是大家的關心。

第六章　無論如何，保持體面

那幾天，會時不時接到這樣的訊息：「確診了沒？」

我一看這樣的問候就生氣了：切，確診什麼呀？確診這個詞很不吉利，意味著懷疑的事兒的確發生了。

這樣的訊息我一個都沒回，沒封鎖他們都不錯了，哼！

後來，我煩了，放棄治療。

再後來，我痊癒了。

燒退了，淋巴結也不腫了，我又活蹦亂跳地走在太陽底下。

別人問怎麼好的？

我說：「去藥房買了五塊錢的蒲公英，天天沖水喝，喝著喝著就好了。」

就這麼簡單？

呃……其實就是大量喝水。

還有：

別熬夜，少看手機。

別熬夜，少看手機。

別熬夜，少看手機。

重要的事情說三遍。

沒有規律和節制的生活，會造成人體免疫力低下，進而引發免疫系統疾病。

我生病的原因自己都不好意思說。

那段時間，我天天熬夜追劇，隨便吃點東西打發一日三餐。淋巴結就是那幾天慢慢腫起來的。

更虧的是：我追的那部劇，竟然是個爛尾劇。

後來看一個訪談節目，該劇女主角接受採訪，她笑著說之前跟這部戲的導演合作過，因為太趕進度而心有餘悸。這次導演來找她，她接戲的一個重要條件是：「為身體考慮，我不拍夜戲。」

我忽然獲悉了她美貌的祕密：怪不得三十多了依舊美麗，尤其是那雙清亮的眼眸讓人移不開視線。那種清亮絕不是戴變色片戴出來的，一看就是純天然，是身體健康的人才會擁有的眼睛。用《老殘遊記》裡的話說就是：「如秋水，如寒星，如寶珠，如白水銀裡養了兩丸黑水銀。」

第六章　無論如何，保持體面

我有個朋友也在該劇中出演重要角色，我去求證此事，回答是：「這是真的，女主角一到時間就收工，早早休息，第二天再精神抖擻地來片場。」

我倒吸一口涼氣：「都說演戲的是瘋子，看戲的是傻子。我這倒好，人家演戲的沒瘋，我看戲的倒先傻了——不但傻，還病得不輕。」

朋友還說：「女主角很會養生，除了不熬夜，她吃東西都非常健康，絕不亂吃。她的好臉蛋與身材保養得宜，和這些生活習慣是分不開的。」

畢竟管理好自己的身體，才有機會接到更多更好的角色。一個演員為自己在鏡頭前的形象負責，也是一種敬業嘛。

其實不只是演藝界，無論哪個行業，懂得照顧好自己的人，才有可能走得更長遠。否則野心再大，沒有好的身體都是白搭。

就連諸葛亮，當年若不是太過鞠躬盡瘁，非要事必躬親，而是抓大放小懂得養精蓄銳，大概不會弄到「出師未捷身先死」吧？連歷史的走向都會不一樣。

小說《黑駿馬》裡面有段情節：黑駿馬馬掌上的釘子已經鬆動，有人好心提醒它的馬夫，但馬夫全然不當回事，依舊鞭打著它上路。

馬掌越來越鬆，越來越鬆，最後掉了下來。馬夫沒在意，繼續抽鞭子讓馬快跑，馬兒沒有了馬掌，那個蹄子開始鑽心的疼，沒多久就裂開了，裡面的嫩肉被鋒利的石子割得血肉模糊。終於，馬堅持不住了，一個踉蹌重重摔倒在地，馬夫也被重重摔了出去，當場摔死。

查明事情真相的人們都說：這不怪馬兒，怪馬夫他自己。

我就是那個糟糕的馬夫，我的身體就是那匹倒楣的馬。作為一個騎馬的人，對馬只是驅使不懂保養，被摔下來也活該。

我的淋巴結腫痛，大概就是這匹馬疲憊之下衝我踢一腳。

不愛惜身體，真的會遭報應。

不僅如此，我還拖累了別人。

因為病總不好，連我母上大人都驚動了，把一歲多的小姪兒丟在家，坐高鐵過來陪了我整整一星期。我爸一個老中醫竟然亂了手腳，提議我一天吃一條蜈蚣。

「人生的態度不能散亂，因為不僅影響自己，還會影響身邊的人。」很明顯，因為對自己的不當心，我已經影響了父母的生活。

第六章　無論如何，保持體面

直到現在，我仍然隔幾天就會接到我爸媽的電話，問的只有這一句：「脖子沒腫吧？」面對他們的不放心，我內心全是深深的歉意與愧疚。

之前看到一段話，說一個女子因為太逞強弄壞了身體英年早逝。她去天堂報到，上帝卻說：「妳應該下地獄。」

她氣憤委屈：「我不是壞人，活著的時候那麼拚命做事，憑什麼我該去地獄？」

上帝說：「看看身後。孩子失去母親，蓬頭垢面被人欺負，母親沒有了女兒無人贍養孤苦伶仃。妳沒有照顧好自己以致早死，應盡的義務都沒有盡到，讓自己的摯愛親人因妳受苦，怎麼配進天堂？妳不下地獄，誰下地獄？」

這段話如當頭棒喝，讓我從頭涼到腳。小時候看古裝劇，時不時看到人在自殺前會向天大喊一聲：「爹，娘，孩兒不孝，先走一步！」覺得好狗血。現在想想看，我還不如人家，天天慢性自殺，可曾為父母想過半分？笑人家狗血，卻不知自己正在死亡的路上。

「身體髮膚受之父母」，是不是可以下一個定義：所有過度使用、作耗身體的行為，上升到道德層面都該歸類為不孝。

刷手機熬夜，不喝水，不運動，鑽牛角尖讓自己陷入糟糕的情緒——當我們做這些事情的時候，我們都該輕輕問自己一句：「我這麼做，對得起我爹媽嗎？」

念起即覺，覺即不隨。如是而已。

「生命不只是使用，還應該有獎勵。」

這些獎勵裡，當然不能少了一條，那就是：對自己好。

對自己好，不是叫我們天天與奢侈品為伍，也不是要我們天天文藝旅遊，那都是美其名曰「對自己好」的空殼子。真正對自己好，其實很簡單很樸實：

飯要趁熱吃，覺要按時睡，加班別太過，凡事看得開。

水果蔬菜趁新鮮，當天買回來至少吃一次，不要往冰箱裡一丟就是一星期，快爛了才想起來；加入一個早睡打卡群，每天堅持打卡早睡；像養狗一樣養一個運動習慣，經常把身體拉出來遛一遛。看起手機來別毫無節制，讓沒用的碎片化資訊經過連結疊加，一再占用大腦空間。

還有，要樂觀要豁達。沒事別給自己增添憂傷，離難受的人和事遠一點，一旦遇上，像清理垃圾一樣及早解決，不讓它們擱淺在心裡發臭占地方。

聽起來簡單吧？但真正做起來卻不見得容易。我們太自私太偏心，總是對靈魂無限度縱容，對各種大大小小的欲望不管理，對身體的哀求視而不見聽而不聞。

我們也太盲目自信，遇事容易起執念，不見棺材不落淚。曾國藩曾給患肝病的弟弟寫信，勸他戒怒：「吾兄弟欲全其生，亦當視惱怒如蝮蛇，去之不可不勇，囑之囑之。」無非就是擔心他成為情緒的奴隸，影響健康壽命。

人生而不易，騎著身體這匹嬌貴的馬，手裡舉著夢想這個易碎的瓶子，腳下卻是磕磕絆絆的路。所以時時刻刻要當心啊，只有愛護好我們的馬，它才會護持著我們的夢想不讓它破碎，才會安全地帶我們去到想去的地方。

每一場分離，都值得好好道別

畢業那天，兵荒馬亂。第一天晚上一大幫人喝多了，第二天火車快到站了才醒過來，手忙腳亂收拾好行李，像逃兵一樣倉皇四散。

半路上有人說剛才看到阿盛一個人去火車站了。

阿盛是我的室友，在一起住了幾年，最後都沒顧上與她道別。當時也沒想別的，只想：都別誤點就好。世界不就這麼大嗎？以後一定還有機會再見的。

少年總是輕別離。

在懵懂中，我們就這樣各自向天涯。

生活沒有劇本，不會按個人意願上演。一畢業，大家全被吸進了一個叫社會的旋渦，忙著掙扎活命，後來略略站穩腳跟，又被一個叫現實的傢伙牽著鼻子走，根本無暇回頭。多年過去，同學之間幾乎全都斷了聯絡。

今年，班長加了我的通訊軟體說：「聚聚吧，把同學們都找回來。」群組裡人越來越多，大家驚喜地互相問候，但是，誰也沒阿盛的聯系方式，只聽說她剛畢業時先去了一個遙遠的地方不知所蹤。一直到我們回母校重聚，也沒見到阿盛的身影，誰也不知道她如今在哪裡。

我意識到一件事：我們和阿盛，也許已經終生失散。

實習的時候，有個其他醫學院的男生和我很聊得來，我們天天中午一起用餐。我記得他胃不好，如果飯涼了，他吃到一半就會皺起眉頭。有一天，他對我說，再過兩天他就要實習結束返校了。

第六章　無論如何，保持體面

又過了兩天，他來到我的科室，沒有穿白衣。

我當時正忙，他站在那裡耐心地等我，欲言又止。我並沒怎麼在意，過了一陣子，他就走了，出門時對我意味深長地笑一笑，像是忍住了一個祕密，就輕輕虛掩住了門。第二天，我沒見到他，問別人，才知道他實習結束已經回去了。

直到今天，我再也沒見過那個男生，但是他臨走那一笑，我卻怎麼都忘不了。

如果，當時能互道一聲再見，我今天就不用把他寫到文章裡來。

幾年前，公司有個前輩，坐我對面，總愛說「大家能在一起工作是緣分」，我覺得又俗又假，出來混遇到人不是再正常不過的嗎，不遇到你就遇到他。我最厭煩他的一點，就是他太能抽煙，因為吸二手煙，我一度因此得了肺炎。

有一天正在開會，他忽然闖進來，說：「我退休了，和大家告個別。」揭下這句話，就像一陣風似的走了，留我坐在沙發上愣然。現在偶爾和同事們談起和他在一起共事的日子，曾經的煩惱，竟成了積古的笑談。

世界太大，渺小如人，像一滴水，一轉身就消失在茫茫人海，無跡可尋。雖是生離，細想卻是死別，因為這一生都再也不會或不用相見。一想到這裡，怎麼還有理由不

每一場分離，都值得好好道別

好好跟人說再見。

世界很潦草
沒有一筆是工整的
你看，山河蜿蜒
魚龍混雜
草木，節外生枝

人何嘗不也如此，我們被命運挾持著南征北戰，在岔路口分分合合，不斷遇到一些人，又不斷告別一些人。

從前，我有一個親如姐妹的閨蜜。我們無話不談形影不離，最無奈最辛勞的歲月，我們是彼此的精神依靠，共過笑也共過淚，那些昏暗的日子，對方的存在若一點明亮的燭光，深深溫暖過心房。我們習慣了走路時很自然地十指相扣，手心與手心默契地疊在一起，這個動作至今想起仍覺驚心動魄。

我家就在她家樓上，她最過分的一次，是過家門而不入，在我家窩了好幾天才被她父母發現。當我要離開家鄉時，最難過的人是她。離別時她很鄭重地送我，上車隔著車窗揮手時，我都不敢看她含淚的眼睛。

我很擔心她不適應，我的離開對於其他人而言無足輕重，可是卻讓她的世界缺了一個角。我曾經住過的房子空了，她路過樓下的時候，心會不會空；午餐時間，不知道她會約誰；我的手機號碼已經換掉，家裡電話打過去，那邊已不是我接聽；在她深夜負氣想要離家出走的時候將無處可去，心情不好有事想找人商量的時候，環顧左右，該找誰訴說。

我多慮了。一年半後，我再回去，發現她又有了新的朋友，我甚至從她的眼神中讀到了疏離和陌生。這才明白，從前兩小無猜的歲月已經過去，生命已經進入了另一個階段。在她送我上車的那一剎，我們已經各奔前程。

這世上誰離了誰都行。朋友不用做一生，只要有人曾願意陪你走一程便已足夠。

我們眼下的生活太過便捷，登車登機去哪裡一下就能搞定，何況還有網路和手機。所以，離別似乎就不再需要那麼傷感，這不就是「海內存知己，天涯若比鄰」嗎？未必，等閒變卻的，最是故人心。不要低估了時間和空間的稀釋力，友情如同愛情一樣，要落在見面吃飯逛街這些俗事中才有生命力。再好的朋友不常見，當失去現實的依託，變淡，是一定的。

現在的我，身邊仍然有一堆愛到處跑的朋友，不是你走就是他走。在一次次的分別裡，我漸漸獲得了清晰的「分離觀」：相聚的時候，要明白它會有到期的一天而好好經營，等到真正分離的一刻到來，盡可能看淡。生命就是這樣，不斷有人走進來，也不斷有人要離開，流水不腐才是常態。要珍惜，也要超然。

只是別忘了好好地道一聲珍重，就像明知天下沒有不散的筵席，最後都會意興闌珊，仍要堅持上完最後這一道甜點。

對離開的人，我認真地為他們餞過行，一次次蹲地撿起他們擦過眼淚的紙巾，會送一些小禮物給他們，如果有時間盡可能送送他們；而當我自己離開，我會認真地與朋友們一一道別，接受他們的眼淚、擁抱和祝福。勸君更盡一杯酒，西出陽關皆有故人。我是，你也是。

放心，當你離開，我每天照樣會穿漂亮的衣服，吃好吃的菜，聽感動的歌，結交有趣的人，該做的事樣樣不少，緊湊地活著，不浪費一分一秒的生命。你在與不在，我都同樣精彩。

好好道別，明知無力對抗命運，也請堅持用儀式感來緩衝一下失控感。除了是禮貌和教養，還是對這一世共同經歷歲月的交代，證明這一場相遇相攜多少有可圈可點之

第六章　無論如何，保持體面

處，從此山高水長，林密草深，漸行漸遠的我們只剩回憶可玩味，直到它最後被遺忘，被風乾，被蒼茫世事一層層的覆蓋、掩埋。

電子書購買

國家圖書館出版品預行編目資料

妳愛的人裡，為什麼沒有自己？擺脫「我是為妳好」的情緒枷鎖，重新正視自身的價值 / 百合著 . -- 第一版 . -- 臺北市：崧燁文化事業有限公司，2022.03

面；　公分

POD 版

ISBN 978-626-332-180-9(平裝)

863.55　　111002929

妳愛的人裡，為什麼沒有自己？擺脫「我是為妳好」的情緒枷鎖，重新正視自身的價值

臉書

作　　者：百合

發 行 人：黃振庭

出 版 者：崧燁文化事業有限公司

發 行 者：崧燁文化事業有限公司

E-mail：sonbookservice@gmail.com

粉 絲 頁：https：//www.facebook.com/sonbookss/

網　　址：https：//sonbook.net/

地　　址：台北市中正區重慶南路一段六十一號八樓 815 室

Rm. 815, 8F., No.61, Sec. 1, Chongqing S. Rd., Zhongzheng Dist., Taipei City 100, Taiwan

電　　話：(02) 2370-3310　　**傳　　真**：(02) 2388-1990

印　　刷：京峯彩色印刷有限公司（京峰數位）

律師顧問：廣華律師事務所 張珮琦律師

定　　價：399 元

發行日期：2022 年 03 月第一版

◎本書以 POD 印製